AF236342

Gerd Tesch

Vorlesen im Seniorenheim
Endstation Leben?

Die Deutsche Nationalbibliothek verzeichnet diese Publikation in der Deutschen Nationalbibliothek; detaillierte bibliographische Daten sind im Internet über http://dnb.d-nb.de abrufbar.

Umwelthinweis:
Dieses Buch wurde auf chlorfrei gebleichtem Papier gedruckt.

© 2020 Gerd Tesch
Herstellung und Verlag:
BoD – Books on Demand GmbH, Norderstedt
1. Auflage
Layout und Cover: Manuela Wirtz, Schüller
Coverbild: Gerd Tesch

Printed in Germany
ISBN 9783751996051

Gerd Tesch

VORLESEN IM SENIORENHEIM

Endstation Leben?

Die Vergangenheit ist nicht tot. Sie ist nicht einmal vergangen.
(William Faulkner)

Tot ist nur, wer vergessen wird.
(Uwe Timm, Rot)

Es gibt ein erfülltes Leben trotz vieler unerfüllter Wünsche.
(Dietrich Bonhoeffer)

INHALT

Vorwort

Endstation Leben! Hoffentlich eine Endstation, wo es auch lebensfrohe Inseln gibt. Wenigstens hin und wieder. Auch Glücksmomente. Meine Hoffnung! Vielleicht aber auch nur Ablenkung oder Abwechslung. Wer weiß das schon.

Die Begegnungen mit den Menschen in einem Hunsrücker Seniorenheim, in dem ich seit 2017 wöchentlich vorlesen darf, haben meine Sinne geschärft … für die Würde alter Menschen; für Personen und Umstände, die ihrer Würde guttun, aber auch für die, die sie gefährden, nicht zuletzt in bitteren Corona-Zeiten. Da verzweifeln demenzkranke Personen in besonderer Weise, denn sie können nicht verstehen, dass der Sohn, die Tochter, der Partner sie nicht berühren, ihnen nicht nah sein dürfen. Der vorsichtige Hinweis auf die Spanische Grippe, die einige Angehörige ihrer Großelterngeneration dahingerafft hat, lässt Mutter erahnen, welche Bedrohung draußen grassiert.

Mit großem Respekt sehe ich, wie viele betagte Frauen – und die wenigen Männer – ihr Los angenommen haben und das Beste daraus machen. Ohne jedes Aufheben sprechen sie sich untereinander Mut zu, nicht nur verbal. Ein Lob den Pflegerinnen und allen helfenden Händen, die ihnen beherzt zur Seite stehen. Herzlichen Dank! Etwa Thomas, dem Pfleger, der stets mit einem gewinnenden Lächeln sonntagnachmittags Kaffee und Kuchen reicht. …

In meinem Zuhörerkreis bewegen sich die Dinge nun einmal langsamer als draußen in der Welt. Aber … auch anders: Bewegung ohne Fortbewegung, wie es uns das Bild der Schaukel veranschaulichen mag, *vor und zurück in derselben Bahn. Bewegung an Ort und Stelle,* Bewegung im Hier und Jetzt, das im Gestern tief verwurzelt ist. Dieses Gestern hat die Gegenwart fest im Griff, unsichtbar. Der Horizont der Zukunft ist nebelverhangen.

Wenn meine Zuhörerinnen sich daran erinnern, was sie selbst früher erfahren und als wichtig empfunden haben, dann leuchten ihre

Augen auf. Erinnerungsschnipsel teilt der eine oder die andere gerne mit: die Geburt des Kindes, dessen Taufe, erster Urlaub im Schwarzwald, in Holland oder Italien, das Glück, für Kinder, Partner und Großeltern etwas Leckeres gekocht zu haben, mit frischen Kartoffeln, gemeinsam auf dem Feld eingesammelt. Da stört keine falsche Nostalgie.

Auf ihr autobiographisches Langzeitgedächtnis können sich viele einigermaßen verlassen, auf das Kurzzeitgedächtnis nicht mehr. Der Witz, die Pointe, die Geschichte, die ich gestern erst vortrug, entfalten auch heute wieder ihre Wirkung – wenn sie gut sind ... und der Vortrag gelingt. ...

Außergewöhnliche Begegnung am siebenundzwanzigsten Mai zweitausendundzwanzig, sechzehn Uhr. Erste Lesung zu Corona-Zeiten, im Innenhof des Altenheims.

Die Sonne scheint, es ist angenehm warm, aber nichts ist wie zwei Monate zuvor, wie vor langer Zeit also. Etwa fünf Meter von den Zuhörern entfernt, die auf ihren Rollatoren oder auf Stühlen und Bänken im Halbkreis um mich herum sitzen, spreche ich in ein Mikrofon. Hoffentlich hat man es desinfiziert, schießt es mir durch den Kopf. Mit der Linken halte ich das Buch, mit der Rechten das Mikrofon. „Hört Ihr mich?", höre ich meine Mikrofonstimme. Ein Gegrummel antwortet mir.

Mutter sitzt mir gegenüber, ich winke ihr mehrfach zu. Sie winkt zurück, doch in ihren Augen ist Leere.

Mit lustigen kurzen Geschichten und eingestreuten Ratespielen versuche ich so etwas wie ein Miteinander hinzubekommen, versuche meine eigene Bedrückung zu überspielen, was ansatzweise gelingen mag. Ein Publikum kann sich kaum entwickeln, das verhindern schon die Abstandsregeln. Und ich bekomme die Reaktionen meiner Zuhörer allenfalls ausschnittsweise mit, sowohl optisch als auch akustisch. Zwischen den Zuhörerinnen ist es ähnlich. Atmosphärische und gefühlsbetonte Schwingungen des sozialen Kontakts kommen zu kurz. –

7

Und doch freuen wir uns.
Ich werde wieder lesen, Corona zum Trotz.

Die vorliegende Anthologie enthält auch herausfordernde Angebote. Diese Geschichten habe ich für Seniorinnen und Senioren geschrieben, die schlichten Texten wenig abgewinnen können, was, nebenbei bemerkt, weder ästhetisch noch menschlich ein Wertkriterium ist.
Meine Zuhörerschaft ist nun einmal bunt gemischt. Demenzkranke Menschen sind in unserem Kreis in der Minderheit.
Der Literaturmarkt bietet einerseits einfühlsam geschriebene Texte für demenzkranke Zuhörer an. Andererseits gibt es nach wie vor ästhetisch ambitionierte Kurzgeschichten. Erstere unterfordern, letztere überfordern mein Publikum. Mit den Geschichten, die ich schreibe, kann ich die Situation und Aufmerksamkeit des Publikums erreichen, dem ich allwöchentlich vorlesen darf.

ÜBERRASCHUNGEN

Das alte Haus

Die Eingangstür des einsamen Hauses am Dorfrand ist, was sie immer war, eine gute, eine sturmerprobte, eine massive Holztür mit einem Eisenring in Griffhöhe statt einer Klingel.

Haus und Haustür haben dem vergangenheitsblinden Abriss- und Neubauwahn die Stirn geboten. Wer jetzt hier wohnt, wird mir sympathisch sein. Mit diesem guten Gefühl klopfe ich an. Ein schwarzbärtiger Mann mittleren Alters, eine behaglich schnurrende Angorakatze auf dem Arm, öffnet und schaut mich aus tiefblauen Augen an, neugierig, wie mir scheint.

„Ich bin Ben Reichard", stelle ich mich vor. „Vor vielen Jahren hab ich hier gewohnt, genauer gesagt, meine Kindheit verbracht."

Die buschigen Brauen des Mannes gehen nach oben und er lässt die Katze zu Boden gleiten. Sein faltiges Gesicht deutet ein Lächeln an. Mit festem Händedruck bittet er mich einzutreten. Ich ziehe den Kopf ein, die niedrige Holzdecke des schmalen Flurs habe ich in schmerzlicher Erinnerung. „Sie haben es nicht vergessen", lacht er und fährt sich mit der Hand übers lockige Langhaar, das auf dem Hinterkopf in einem Knoten gebündelt ist. Ich nicke und stehe in der guten Stube. Der vertraute Geruch des alten Eichenholzes schmeichelt noch nach vielen Jahren meiner Nase. Vor der Fensterfront die abschüssige Streuobstwiese, spätherbstlich entlaubt. Graupelschauer peitscht sie gerade aus.

„Sie haben kaum etwas verändert", wundere ich mich.

„Warum sollte ich", sagt er.

Die Katze hat sich neben dem Bollerofen auf ihrer Decke eingerollt.

„Einen Kaffee?", fragt er und macht sich in der offenen Küche zu schaffen.

Die Abtrennmauer hat er also entfernt. „Gerne, aber ich will Ihnen keine Umstände machen", antworte ich.

„Justus heiße ich, Ben. Okay? … Nimm Platz!"

Ich nicke und setze mich an den Tisch, gegenüber dem Ofen. Der berührt meine Erinnerung. An die warme Seitenwand des Ofens gelehnt, hing ich Großmutter Anna an den Lippen. Allabendlich las sie mir Märchen vor. Auch Großvater Rudolf saß dabei und ließ Rauchwölkchen aus der Pfeife aufsteigen, denen seine Augen versonnen folgten. Meine Augen gehen zu der Wanduhr unter dem mächtigen Balken. In deren Uhrenkasten hatte sich das jüngste Geißlein vor dem Wolf in Sicherheit gebracht.

„Verstehe", sagt Justus schmunzelnd, als er den duftenden Kaffee serviert und meinen abwesenden Blick bemerkt.

„Ach ja", entfährt es mir. Ich führe die Tasse zum Mund und erkläre: „Nach dem Tod der Großeltern – bei ihnen bin ich aufgewachsen – habe ich das Haus verkauft, hab so mein Studium finanziert."

„Unverkäuflich!", winkt Justus ab.

„Ich will mur noch einmal eintauchen in diese traute Zeit", entgegne ich schmunzelnd. „Die ist mir zunehmend entglitten, verstehen Sie, pardon, verstehst du?"

Er legt den Finger auf das bärtige Kinn, als müsse er nachdenken.

„In der Erinnerung sind deine Großeltern wie verschwommene Gestalten eines Romans, den du irgendwann mal gelesen hast, oder?"

„Stimmt", stammele ich. … „Als wär`s gestern geschehen."

Justus schaut mich fragend an, ich räuspere mich und zeige auf den knorrigen Apfelbaum, der dem Sturm trotzt. „Er beschützt Ajax. Vor …" – ich überlege kurz – „vor vierundzwanzig Jahren habe ich die treue Seele dort begraben, an einem warmen Frühsommerabend. Ich alleine. Mein über alles geliebter Schäferhund Ajax." Erneut räuspere ich mich. „Auf dem bin ich sogar geritten, als Kind." Ich greife in die Innentasche der Jacke, zücke ein zerknittertes Foto, das ich bei mir trage, und zeige es her. Justus schaut zu dem Baum nach draußen, dann wieder auf das Foto, nickt und schweigt. …

„Dürfte ich das Eckzimmer oben sehen, das kleine Zimmer, das auf meinen Apfelbaum blickt?", frage ich.

„Komm mit", antwortet er und wir steigen die enge, wurmstichige Holztreppe hinauf. Die knarzt, wie immer. „Mein Schreibzimmer", meint Justus. „Ich lass dich mal `ne Weile alleine mit deinen Erinnerungen."

Behutsam schließt er die Tür der bücherumrahmten Kammer.

Kaum zu glauben. Rechts neben dem schießschartenartigen Seitenfenster steht er, wo er immer stand: der zerschlissene Lehnstuhl. In dem hatte ich, fünfzehnjährig, sie, die neunzehnjährige Elisabeth, geküsst. Ehrlicherweise hatte sie, ich räume es ja ein, die kecke Leiterin der Pfadfindergruppe aus Herford, mich verführt, glücklicherweise. Eine einzige Antwort hatte sie mir Monate später, nachdem ich ihr Liebesbriefe ohne Ende geschrieben hatte, gegönnt. … Ich bin gespannt. Hinter der Fußleiste, die den Dielenboden umsäumt, in der fensternahen Ecke links versteckte ich den Brief, ungeöffnet. Mir fehlte der Mut, ihn zu lesen, damals. Mit dem Taschenmesser löse ich die Leiste ein wenig, klaube den zusammengefalteten Brief heraus und stecke ihn flugs ein, als ich kratzende Geräusche höre. Justus` Angorakatze macht sich an der Tür zu schaffen. Ich öffne, sie macht einen Buckel, schmiegt sich an die Hosenbeine und folgt mir samtpfötig die Treppe hinunter.

Das Wetter hat sich beruhigt. Justus macht große Augen, als ich mich verabschiede. „Lass mich noch ein wenig über die Streuobstwiese streifen", sage ich und bedanke mich.

Unter meinem Apfelbaum öffne ich den Brief:

Was steht dort wohl geschrieben?

„Träum weiter, Beni!" Zwei Wörter und der kleine Ben, das war`s. Mein Blick geht zurück, geht nach oben zum Kinderzimmer. Justus steht am Fenster, eine Hand in der Hosentasche, die Pfeife im Mund. Aus der steigen Rauchwölkchen auf. Er winkt mir zu, schmunzelnd.

11

Der Pfarrer und seine Freundin

Oma Gertrud wartet in Hab-Acht-Stellung im Eingangsbereich des Seniorenheims, die Hände auf dem vergoldeten Knauf des Gehstocks gefaltet. Den breitrandigen Sommerhut, hellblau, farblich dem schicken Hosenanzug angepasst, hat sie ein wenig seitlich nach hinten gerückt, so dass einzelne Locken des prächtigen grauen Haares die Stirn umspielen. Ihre tiefblauen Augen verfolgen jede kleinste Bewegung der geschäftig tuenden Damen im nach vorne verglasten Bürotrakt. Die sollen spüren, dass ich sie beobachte, scheint sie zu denken.

Offensichtlich fühlen sich die Herrschaften von der Überwachungskamera namens Gertrud genervt. Jedenfalls verlagern sie ihr Hin und Her in die hinteren Räumlichkeiten.

Erst das nicht enden wollende Klingeln des Telefons nötigt Frau Wachsweich, nach vorne zu kommen und abzuheben. „Ich werd`s ausrichten", flötet sie, legt auf und beugt sich aus dem Bürofenster: „Pfarrer Simon lässt Ihnen ausrichten, er hat sich einige Minuten verspätet, Frau van Burg", ruft sie, wie immer einen Tick zu laut. Oma Gertrud nickt und schüttelt bei dem „hat" innerlich den Kopf. Sie beobachtet das Getue hinter der Scheibe, die Wachsweich wieder zuschiebt, um sich flugs dem Blick der alten Dame zu entziehen. Was könnte die Friseuse dieser *Brillenschlange* nur von Beruf sein?, grübelt Gertrud und erfreut sich des altvorderen Begriffs, der ihr durch den Kopf schwirrt. Und ja, es gibt schicke Kleidung und andere, schickt sie in Gedanken Wachsweich einen Wink hinterher.

Da biegt der Pfarrer um die Ecke und hebt die Arme, als wolle er sich entschuldigen.

„Wurde auch Zeit!", rüffelt sie ihn, bevor er etwas sagen kann. „Lass mal gut sein, Johannes. Bin ja froh, dass du etwas Zeit mitgebracht hast, oder?"

Simon nickt, wenngleich andere Termine ihm im Nacken sitzen.

„Dann wollen wir uns mal vom Acker und auf die Reise machen!",
ordnet sie an und hakt sich unter. Bevor der Pfarrer auf dem Weg
zum Auto erstmals zu Wort kommen könnte, verkündet Gertrud:
„Der Sonnenschein zwingt uns ja geradezu eine Spritztour nach
Oberwesel auf, oder? Dann am Rhein entlang nach Boppard, mein
Lieber."

Er lächelt und denkt sich: Solange sie diesen nassforschen Auftritt
hinlegt, geht es ihr gut. Und unterhaltsam ist sie allemal. Galant
hält er ihr die Beifahrertür des alten Käfer-Cabrios auf.

„Oh, extra für mich auf Hochglanz getrimmt", flunkert sie.

„Extra für dich, Gertrud", flunkert er.

Sie sinkt in den tiefen Ledersitz und legt sich den blauen Seiden-
schal wie eine Diva um den Hals.

„Der Pastor und das Biest", spöttelt sie, als Simon den Wagen
startet, der mit dem in die Jahre gekommenen Boxermotor los-
knattert. Bereits nach der Abfahrt Kisselbach ist nur noch lauwar-
mer Fahrtwind zu hören. Aber nur kurz. Endlich gelingt es Simon,
den fummeligen Knopf des Kassettenrekorders zu bedienen. Er
weiß, womit er seiner Freundin eine Freude machen kann. Bis
zum Anschlag dreht er den Lautstärkeregler auf.

Flieg nicht so hoch, mein kleiner Freund mahnt Nicole. Oma Gertrud hebt den Zeigefinger und ihr Chauffeur tritt aufs Bremspedal.
Prompt fragt sie: „Suchst du `nen Parkplatz?"

Ganz die Alte, lächelt er in sich hinein und beschleunigt sanft.

Rote Lippen soll man küssen singt sie dann im Duett mit Cliff
Richard. Simon grinst und trommelt auf dem Holzlenkrad den
Rhythmus mit.

„Du Schelm", lacht sie und imitiert aus voller Kehle Caterina
Valente, die *Steig in das Traumboot der Liebe* säuselt. Wie eine
Dirigentin schwingt Gertrud die Arme. Angeschnallt hat sie sich
natürlich nicht. „War früher auch nicht üblich", grummelt sie
achselzuckend.

An einer Waldkreuzung hält Simon kurz an. „Links oder rechts?"

13

Die Antwort kommt unerwartet von oben: ein Vogelschiss auf die schräg stehende Frontscheibe vor Oma Gertrud. „Also rechts." Er gibt Gas. Ohrenbetäubend jaulen die zweiundvierzig PS auf und der Wagen hebt, Nicoles Mahnung in den Wind schlagend, fast ab. Als *Oh Mosella* ertönt, können die beiden Ausflügler hinab aufs Rheintal schauen.

„Blücher hätte es heute einfacher", wundert sich Gertrud und bekommt den Mund nicht mehr zu, als sie die Sandbänke vor der Insel Burg Pfalzgrafenstein erblickt, die man zur Zeit tatsächlich fußläufig erreichen kann. „Warum unternehmt Ihr Jungen nichts gegen den Klimawandel?", pflaumt sie ihren Chauffeur an, der gerade gut gelaunt und also nicht in der Stimmung ist, eine politische Diskussion zu führen. Er zuckt mit den Achseln. Glücklicherweise legt sich im selben Moment Zarah Leander ins Zeug: *Davon geht die Welt nicht unter.* „Vielleicht doch?", streut Gertrud Sand ins Getriebe, mit einem Seitenblick hin zu Simon.

„Morgen werde ich die Welt wieder retten", verspricht der, „aber heute will ich sie mit dir erleben!"

Bei diesen Worten parkt er vor einem Eiscafé in Oberwesel, hilft seiner Begleiterin aus der Nussschale des VW-Käfers und genießt sowohl Sonnenstrahlen als auch neugierige Blicke der Gäste. Gertrud bestellt einen Krokantbecher, natürlich mit Eierlikör, Johannes gibt sich mit zwei Kugeln Früchteeis ohne Sahne zufrieden.

„Willst wohl abnehmen?", säuselt sie und streift mit den Augen seinen Speckgürtel. Der hat`s zu spät gemerkt und kann den Bauch nicht mehr einziehen.

„Na ja, zwei drei Kilo weniger wären nicht schlecht, oder?" sagt er und lächelt den leichten Vorwurf weg.

Das *Martinshorn* vom Rhein her ist das Aufbruchssignal. Doch bevor Gertrud einsteigt, nimmt sie eine Pose ein und lehnt sich gegen die Beifahrertür. Helles Blau vereint sich mit dem Knallrot des schmucken Cabrios. Johannes verewigt es unter dem Beifall der Zuschauer auf einem Foto.

Minuten später stimmt sie beim Anblick des Loreley-Felsens im Wechsel mit ihrem frohgemuten Begleiter, der kurz anhält, Heinrich Heines Lied an. *Ich weiß nicht, was soll es bedeuten, daß ich so traurig bin. Ein Märchen aus uralten Zeiten, das kommt mir nicht aus dem Sinn. ...*

„Und jetzt geht`s hinauf zur Rheinfels", ordnet sie an. „Dort gibt`s den besten Kaffee. Und auch die Käsesahnetorte ist nicht zu verachten."

Simon streift sie mit einem Seitenblick … und folgt ihrem Befehl.

„Diese Aussicht, himmlisch!", strahlt sie. Sie stützt sich an der Brüstung des Festungs-Cafés, das zum Rhein hinabschaut, ab und lässt die Augen Richtung „Katz" schweifen. Rechtsrheinisch gelegen, thront die Burg in halber Berghöhe majestätisch über St. Goarshausen.

„Die Katz an Japaner verscherbeln!", entrüstet sie sich. „Mit unserer Gesellschaft geht`s bergab, Johannes!"

Er wundert sich nicht. Mit Gertruds Einwurf hat er wohl gerechnet. Er legt ihr den Arm um die Schulter.

Kaffee und Kuchen und der Blick in den tiefblauen Himmel, den kein Wölkchen trübt, versöhnen sie alsbald mit dem Nachmittag. Der erlebt eine unvorhergesehene Krönung. Überraschend spielt eine Kapelle im Innenhof der Festung Rheinfels auf. Fetzige Lieder sind selbst auf der Café-Terrasse zu hören. Bei Gerhard Wendlands Ohrwurm *Tanze mit mir in den Morgen* frohlockt Gertrud: „Und das am Nachmittag, Johannes!" Bei diesen Worten hakt sie sich unter und schunkelt mit ihrem Pfarrer. Andere Gäste schließen sich flugs dem ausgelassenen Spaß der beiden an.

Gegen sechzehn Uhr zwanzig bläst Oma Gertrud zum Aufbruch: „Boppard schenken wir uns, Johannes."

Der nickt. „Läuft uns ja nicht weg. Da haben wir ein andermal ein schönes Ziel", meint er.

„Lass uns heimfahren. Muss um spätestens siebzehn Uhr dreißig zurück sein. Abendessen."

Er schaut auf ihren Teller.

„Ich will die Mitbewohner nicht warten lassen", kommt es ihr nachdenklich und etwas müde über die Lippen.

„Ich tue mein Bestes", gelobt er. „Deshalb müssen wir uns ein klein wenig beeilen. Schließlich ist der pastorale Sportflitzer etwas in die Jahre gekommen, Gertrud."

„Apropos ´pastoral` und ´in die Jahre gekommen`. Du hast es hoffentlich nicht vergessen. Meine Beerdigung. ... Die liegt dereinst in deinen Händen, mein lieber Pfarrer Simon!", ermahnt sie ihn beim mühsamen Weg die Treppe hinab zum Innenhof, wo die Musikanten ihr Spiel soeben beendet haben.

„´Dereinst`, das trifft`s, liebe Gertrud", lacht Johannes und reicht ihr den Arm, um den Anstieg zum Parkplatz zu erleichtern.

„Man weiß ja nie", haucht sie versonnen.

Ein letztes Mal schweift ihr Blick über die Festung und ins Rheintal. Dann sagt sie:

„Danke, Johannes, danke für diesen wunderschönen Nachmittag."

Er nickt und schweigt. Seine Augen strahlen Gertrud an, diese kluge und gar nicht schrullige alte Dame, die augenzwinkernd in den Beifahrersitz des roten Cabrios sinkt.

„Danke auch, dass du mich heute nicht mit frommen Sprüchen genervt hast, Herr Pfarrer!"

Unvermittelt prusten beide los und freuen sich auf die kurvenreiche Heimfahrt über die waldumsäumten Straßen des Hunsrücks.

Der Äther schickt Gottlieb Wendehals Schlager *Panik auf der Autobahn* durchs Radio. „Darum gurken wir lieber über die Landstraße", kommentiert Simon und klopft sich dabei auf die Schenkel.

Kurz vor Simmern krächzt Bill Ramsey *Ohne Krimi geht die Mimi nie ins Bett.*

„Toller Abschluss, Johannes!", lacht sie und singt:

„Ohne Krimi geht die Gertrud nie ins Bett." ...

„Bin aber keine Umweltsau", fügt sie an, schmunzelnd.

Die Schlager spiele ich jeweils ein. Sie laden zum Mitsingen ein.

Der gesuchte zweigliedrige Begriff hat zwei Bedeutungen.
Einerseits suchen wir eine giftige Kobra.
Andererseits suchen wir eine Person, die eine Sehhilfe benötigt.
Diese leicht abwertend bezeichnete Person ist weiblich.
Der gesuchte Begriff lässt die Person nicht gerade als attraktiv erscheinen.
Das Kopfwort nennt ein vor den Augen getragenes Gestell, das Endwort ein Kriechtier.
Brillenschlange

Wir suchen einen Tongeber.
Der gesuchte zweigliedrige Begriff besteht aus einem zweisilbigen und aus einem einsilbigen Hauptwort.
Das Kopfwort erinnert an den Heiligen, in dessen Namen jährlich am elften November ein Fest gefeiert wird.
Das Endwort ist ein spitzer, harter Auswuchs am Kopf bestimmter Tiere.
Wir suchen das akustische Warnsignal von Polizeiautos, Krankenwagen, Feuerwehren.
Martinshorn

Welche Schlager stecken hinter den falschen Titeln?
— Heb nicht so ab, mein großer Freund
— Blasse Lippen soll man meiden
— Spring in das Baumboot der Träume
— Oh Saarella
— Davon geht der Himmel nicht unter
— Ich ahne nicht, was es bedeutet
— Schunkle mit mir in den Abend hinein
— Panik auf der Landstraße

- Ohne ein Gedicht geht Mimi nie zu Bett

Freundschaften sind lebenswichtig. Das bezeugen viele Sprichwörter und Redensarten. Kennt Ihr vielleicht den einen oder anderen Spruch?
- Kleine Geschenke erhalten … (die Freundschaft).
- Geteilte Freude ist … (doppelte Freude).
- Glück erwirbt Freunde, Unglück … (bewährt sie).
- Den Freund strafe heimlich, lobe ihn … (öffentlich).
- Ein Freund ist besser nahe bei, als in der Ferne zwei oder … (drei).
- Gegen den Wind beweist sich die … (Freundschaft).
- Freundschaft, die ein Ende fand, niemals echt und rein … (bestand).
- Freunde in der Not, gehen zwölf auf … (ein Lot).
- Lieber zehn aufrichtige Feinde als einen … (falschen Freund).
- Neue Freunde zu erhalten, breche niemals mit den … (alten).
- Der alte Freund sei nicht geschmäht! Man weiß nicht, wie der neue … (gerät).
- Gute Freunde kommen … (ungebeten).
- Wer keine Freunde hat, wird des Lebens bald … (satt).
- Es gehen viele Freunde in ein kleines … (Haus).
- Es sind nicht alles Freunde, die uns … (anlachen).
- Aller Menschen Freund ist nicht … (mein Freund).
- Gute Freunde findet man nicht … (am Wege).
- Geflickte Freundschaft wird selten wieder … (ganz).
- Alle für einen und einer … (für alle).
- Kurze Besuche verlängern … (die Freundschaft).
- Mit ihm kann ich Pferde … (stehlen).
- Er gibt sein letztes … (Hemd).
- Wir ziehen an einem … (Strang).
- Ich kündige dir … (die Freundschaft).
- Verdacht ist der Freundschaft … (Gift).
- Freundschaft ist Liebe mit … (Verstand).

- Freundschaft ist Liebe ohne … (Flügel).
- Gleich und Gleich gesellt … (sich gern).
- Wie fruchtbar ist der kleinste Kreis, wenn man ihn wohl zu pflegen … (weiß).
- Sie knüpfen Bande der … (Freundschaft).
- Bei ihm habe ich einen Stein … (im Brett).

Wer erinnert sich an berühmte Freundschaften? Auch solche, die Schriftsteller und Filmemacher erfunden haben, gehören dazu.
- Orest und ... (Pylades)
- Asterix und … (Obelix)
- Dick und … (Doof)
- Max und .. (Moritz)
- Stan [Laurel] und … Olli [Oliver Hardy]
- Pünktchen und … (Anton)
- Ernie und … (Bert) [Figuren der Sesamstraße]
- Willi und … (Biene Maja)
- Tarzan und … (Jane)
- Hadschi Halef Omar und … (Kara Ben Nemsi)
- Winnetou und … (Old Shatterhand)
- Goethe und … (Schiller)
- Sherlock Holmes … Dr. Watson
- Dean Martin … (Jerry Lewis)
- Karl Marx und Friedrich … (Engels)
- Gerhard Schröder und Wladimir … (Putin)

Wir erinnern uns an prominente Gegner.
- Gott … (Teufel)
- Faust ... (Mephistopheles)
- Achill … (Hektor)
- Siegfried … (Hagen)
- Tom … (Jerry)
- Batman … (Superman)
- Stalin … (Trotzki)

An Tagen wie diesem ...

Es gibt Tage, da bliebe man besser im Bett.

Am Morgen stehe ich mit dem falschen Fuß auf und rutsche mit demselben im Bad aus. Die linke Kniescheibe kann ein Lied davon singen. Beim Zähneputzen gibt die elektrische Zahnbürste den Geist auf. Einen Ersatz habe ich leider nicht zur Hand. Beim Gurgeln bekomme ich einen Schluckauf.

Natürlich suche ich die Brille. Habe ich sie wieder einmal auf dem Schränkchen neben der Toilette liegen lassen? Nein. Vielleicht liegt sie auf der Schlüsselablage? Ich bücke mich. Doch da ist sie auch nicht. Als ich mich aufrichte, stoße ich mit dem Kopf gegen die Kante der Schräge neben der Gaube. Nicht zum ersten Mal, dieses Mal aber besonders heftig. Mit einem Eisbeutel versuche ich die unaufhaltsame Beule in Schach zu halten und die Blutung zu stillen. Ohne ein Wundpflaster über der linken Schläfe geht es leider nicht. In meinem Schädel hämmert es.

Draußen gießt es in Strömen. Doch auf die geliebte Tageszeitung beim Frühstück verzichten, das geht gar nicht. Die wenigen Schritte zum Briefkasten indes genügen, dass ich pudelnass werde. Und das auch noch umsonst. Der Briefkasten ist leer. Wieder ein neuer Zeitungsausträger, der sich nicht auskennt? Oder Lieferprobleme? Verdammt nochmal!

Genervt lasse ich Wasser in die Badewanne ein. Da klingelt das Telefon. Eine fremde Stimme fragt von fern her irgendetwas auf Englisch. Ich lege auf. Da kommt mir der Gedanke, mich beim Kundenservice der Zeitung zu beschweren. Ich lande in einer Warteschleife. Nach drei Minuten habe ich die Nase voll.

Behutsam lege ich ein Ei in den kleinen Messingtopf, gieße Wasser hinein und erhitze die Herdplatte. Wieder nervt das Telefon. Umständlich teilt mir Schulkamerad Wolfgang mit, das Klassentreffen am kommenden Wochenende falle aus. Dabei habe ich mich so darauf gefreut. Er redet und redet und redet und plötzlich höre ich es plätschern: Die Badewanne läuft über. Ich hechte ins

Bad, rutsche erneut auf dem nun nassen Boden aus, verstauche mir den linken Knöchel und kann mich gerade noch auf der Wannenkante abstützen. Das heiße Wasser brennt auf der Haut. Mit letzter Kraft drehe ich den Hahn zu. Ich bin bedient und schlurfe in die Küche. Dort findet meine Pechsträhne ihre Fortsetzung. Das Wasser ist verdampft, das Ei hat sich in einen Stein verwandelt. Idiotischerweise ergreife ich mit der bloßen Rechten den Griff des Kochtopfs und schreie vor Schmerz auf. Hört nur keiner. Der glühend heiße Metalltopf fällt mir auf den linken Fuß. Minutenlang lasse ich kaltes Wasser über die Brandblasen an Hand und Fuß laufen.

Trotz Kopfschmerzen und eines unansehnlichen Pflasters beschließe ich, den Ort des Schreckens vorerst zu verlassen und im Café zu frühstücken. Ein kleiner Tisch ist noch frei. Ohrenbetäubendes Gegacker und Gelächter einer Frauenrunde beim *Kaffeeklatsch* muss ich in Kauf nehmen. Sei`s drum. Doch dann geschieht, was heute geschehen muss. Die Aushilfsbedienung balanciert das überbordende Tablett in meine Richtung und kommt ins Stolpern. Brötchen, Käse, Wurst, Gürkchen, Tomätchen, Rührei und Joghurt samt Früchteeinlage landen auf dem Boden und der heiße Latte macchiato auf der neuen Hose. Die Oberschenkel brennen. Der frisch gepresste Orangensaft, der von der Tischkante herunterrinnt, kühlt nicht wirklich. Die Entschuldigung des Fräuleins, das um Haaresbreite eine schmerzhafte Bauchlandung auf dem schmierigen Parkett hat verhindern können, geht im keifenden Gelächter des Damenstammtischs unter. Ich könnte sie würgen, die Quasselstrippen meine ich.
Mit triefender Hose verlasse ich den Ort des Grauens, stakse hinaus in die Fußgängerzone und ernte kopfschüttelnde Blicke: Der hat wohl in die Hose gemacht! Um nicht auch noch die Autositze zu beschmutzen, quäle ich mich zu Fuß nach Hause. Die schöne neue Hose sowie den schicken Pullover, der auch nicht verschont geblieben ist, packe ich in einen Jutebeutel und mache mich auf

den Weg zum Waschsalon. Dort erwartet mich ein Hinweisschild: „Wegen Neueröffnung vorübergehend geschlossen."
Mittlerweile ist es Mittag geworden und der Magen knurrt. An der Imbissbude werfe ich alle Grund- und Vorsätze über Bord und bestelle eine Currywurst mit Pommes. Einmal und nie wieder. Mehr möchte ich dazu nicht sagen. Hab`s mir ja selber eingebrockt.

Was mit dem verkorksten Tag anfangen?, grüble ich. Rettung naht in Gestalt von Heinz, der überraschenderweise auf der Urlaubs-rückreise einen Abstecher macht, um mich zu besuchen. Einen ganzen Bilderwald hat er auf dem Smartphone mitgebracht. „Willst du sie sehen?", fragt er. Ich zucke mit den Schultern und verziehe das Gesicht. „Gut", sagt er, „dann zeige ich sie dir." Nach zehn Minuten habe ich genug, will aber nicht unhöflich sein und quäle mich durch weitere fünfzig Minuten. Gegen Ende seines ohne Unterlass kommentierenden Geredes zu den tausend Urlaubsschnappschüssen, Zwischenfragen lässt er nicht zu, werfe ich die Kaffeemaschine an. Beim Schlussbild springt Heinz auf. „Sei mir nicht böse, Gerald! Fast hätte ich es vergessen. Die Skat-brüder erwarten mich in zwei Stunden. Das schaffe ich gerade noch."
Kurze Besuche verlängern die Freundschaft, sagt man. Na ja. Weg ist er. Der zweite Kaffee fließt in den Abfluss. Ich höre es blub-bern. Ich könnte heulen.
Den angestauten Ärger muss ich wegradeln. Ich schwinge mich auf den betagten Drahtesel und trotze heftigen Windböen. Auf halber Wegstrecke dann das. Die Kette reißt. Ich hätte es wissen müssen. Der Fahrradmonteur hat mich gewarnt. So etwas könne nach mehr als zehntausend Kilometern durchaus passieren. Doch ich habe seinen Rat in den Wind geschlagen. Erneut selber schuld. Zu allem Überfluss fängt es an zu gewittern. Schon wieder durch-nässt, rette ich mich in den nächsten Dorfgasthof. Der hat tat-sächlich bereits am späten Nachmittag geöffnet. Was habe ich doch für ein Glück! Zufrieden sinke ich auf die harte Holzbank.

Unglücklicherweise ist der Wirt ein ehemaliger Schüler, wahrlich nicht der Hellste – wenn ich mich recht erinnere. Dem war meine Fünf in Deutsch vor Jahren auf die Füße gefallen. Seinen Abgang vom Gymnasium hatte er also ein Stück weit auch mir zu verdanken. Mit zusammengezogenen Brauen und heruntergezogenen Mundwinkeln schiebt er mir, ohne mich anzuschauen, das Alkoholfreie über den Tisch, dass es überschwappt und erfolgreich Kontakt mit meinem Handy sucht. Das quittiert sofort den Dienst. „Könnten Sie mir bitte ein Taxi bestellen", frage ich entnervt. „Wenn`s denn sein muss", knurrt er und schleicht sich in den Raum hinter der Theke.

Langsam trudeln die ersten *Stammtischbrüder* ein und tuscheln über mich, den unbekannten Gast. „Dauert mindestens eine Stunde. Alle Taxis sind unterwegs", grinst der Wirt mich an. „Kann ich etwas zu essen bestellen?", frage ich. „Ja, später. Die Küche öffnet in zwei Stunden." Späte Rache scheint süß zu sein. Um nicht knickrig dazusitzen, bestelle ich ein zweites Bier. Eine halbe Stunde verstreicht, bis er es mir lustlos serviert.

Geschlagene eineinhalb Stunden später, den gesamten Dorfklatsch im Hinterstübchen, befördert mich und mein defektes Rad ein Taxi-Van nach Hause. Fünfzehn Minuten türkische Musik in unerträglicher Lautstärke und unverschämte dreißig Euro landen auf dem bereits überstrapazierten Leidenskonto dieses unsäglichen Tages.

„Ein Schwarzseher ist ein Optimist, den die Erfahrung eines Besseren belehrt", vertraue ich abends dem Tagebuch an. Beim Eintrag versiegt die Tinte des edlen *Montblanc*-Füllers. Das Tintenfass ist leider leer. Trotzdem streichle ich den treuen Dauerbegleiter, der meine melancholischen Gedanken jahrelang zu Papier gebracht hat. Ich verfalle ins Grübeln, was nicht das Schlechteste ist, wie ich aus Erfahrung weiß. Und so ist es. Eine bereits länger schwelende Idee beginnt zu flackern: Ab morgen werde ich den Schwarzmaler zum Lachen in den Keller schicken. Ich werde ein

Experiment starten, selbst wenn es aller Alltagserfahrung widerspricht: Ich stehe mit dem richtigen Fuß auf, öffne die Jalousien und die Sonne strahlt mich an. Was für ein Tag!

Ich schubse meine Wünsche auf die Bühne der Literatur und erhoffe mir eines aus ganzem Herzen: Die Leser mögen den Mut schöpfen, mit Phantasie der rauen Wirklichkeit die Stirn zu bieten. Vielleicht lässt sich so einiges zum Guten hin verändern. Das Leben sollte immer mal wieder funkeln.

ଓଷ

Bestimmt habt ihr die Erfahrung auch gemacht, dass einem mal an einem Tag alles Mögliche schiefgeht.

Gesucht wird der zweigliedrige Begriff für eine entbehrungsreiche Zeit.

Das zweisilbige Endwort ist ein Wegabschnitt, nämlich die Entfernung zwischen zwei Punkten.

Das einsilbige Kopfwort ist das Gegenstück zu Hunger. Jemand ist hungrig und …

Wer zum Beispiel kurzfristig arbeitslos ist, der erleidet eine **Durststrecke.**

Freitag, der dreizehnte

Kurz bevor das Gewitter einsetzt, schaffe ich es mit dem Rad in die Garage. Rasch packe ich meine sieben Sachen zusammen und eile zur Haustür. Bei ersten Regentropfen suche ich hektisch im Einkaufskorb nach dem Schlüssel. Verdammt noch mal, wo ist der? Urplötzlich springt die schwarze Katze der Nachbarin, von ihr einfach „Katze" genannt, aus dem Gebüsch, schlängelt sich um meine Schuhe, maunzt, setzt sich auf die Hinterbeine, wedelt mit dem Schwanz, spitzt die Ohren und fixiert mich mit ihren schwimmenden grünen Augen. Und das am Freitag den dreizehnten um dreizehn Uhr dreizehn, wie ein Blick auf die *Armbanduhr* zeigt! Habe ich den Schlüssel etwa in der Wohnung liegen lassen? Die Regentropfen nehmen zu und auch die Ungeduld, ebenso das Maunzen der Katze. Auf einmal wird die Tür aufgerissen und Katze hechtet mit einem Satz in die Arme der Nachbarin. Die hält freundlicherweise die Türe auf, so dass ich schutzsuchend wenigstens in den Flur gelange. Während Katze und Katzenmami wortlos in ihre Souterrainwohnung abtauchen, lasse ich mich schwer atmend auf den kalten Steinstufen der Treppe nieder. Draußen tobt nun das Sommergewitter und ich starre gedankenverloren auf die Regentropfen. Die zeichnen Grimassen auf die gläserne Eingangstür, die sich sekündlich verändern. Lachen die mich vielleicht aus? Wo, verdammt noch mal, wo ist der Haustürschlüssel? Für den Fall der Fälle, der soeben, am Freitag, den dreizehnten eingetreten ist, habe ich vor Jahren im Keller ein ausgeklügeltes Verstecksystem für den Zweitschlüssel vorgesehen. Mühsam rufe ich es mir ins Gedächtnis zurück. Und es funktioniert. Gott sei Dank!

Erleichtert schleppe ich mich hinauf zur Wohnung, öffne und atme im Flur tief durch. Im selben Moment höre ich, wie eine Glasscheibe zerbirst, dann ein Krachen. Ich lasse alles fallen, eile ins Wohnzimmer und erstarre. Der Gewittersturm hat den Balkontisch gegen die Glastür gewirbelt. Die ist in tausend Scherben zersprungen und der Tisch ist gegen den Fernseher gedonnert. Ohne lange zu überlegen, lasse ich den Rollladen herunter. Der sollte vor den anprasselnden Hagelkörnern schützen, die auf das schräge Dachfenster trommeln. Dessen Jalousie versuche ich vergeblich zu schließen. Offensichtlich ist der Strom ausgefallen. Feuerwehrsirenen ertönen. Die Kirchturmglocken läuten. Hans, mein Wellensittich, hüpft aufgeregt auf seiner Stange hin und her.

Unvermittelt setzt der Regen aus. Lautlos schießt ein Rabe über das Dachfenster. Stille vor dem nächsten Donnerschlag? Sekunden später höre ich den Raben krächzen, irgendwo auf einem nahen Baumzweig.

Da klingelt es. Ich schlurfe zur Tür, schaue durch den Spion, bin überrascht ... und öffne.

Wer wird wohl geklingelt haben?

„Liebe Frau Hofrath, ich habe mir gedacht, ein Stück Käsekuchen tut bei diesem üblen Wetter gut. Freitag, der dreizehnte eben. Hab ihn selbst gebacken." Katze schaut mir treuherzig in die Augen. „Das ist wirklich lieb von Ihnen, Frau Uhlig. Kommen Sie doch bitte herein. Ich mache uns einen Kaffee und wir essen den Kuchen gemeinsam." „Gerne", sagt sie freudig, folgt mir und schaut kopfschüttelnd auf das Chaos, das das Gewitter angerichtet hat. „Entschuldigen Sie das Durcheinander", sage ich. „Es gibt Schlimmeres", meint sie.

Hans verkriecht sich in der Käfigecke. Katze hat sich unter ihm in Stellung gebracht.

☙

Zur Einstimmung: Reinhard Mey „Ankomme, Freitag, den 13."

Tapetenwechsel?

„Nächste Woche geht`s in Urlaub, Alfred", überrascht Ursula den Göttergatten am Morgen beim Frühstück, als der die Tageszeitung aufzublättern beginnt.

„Aber Ursula! Wir waren doch vor Kurzem erst am Gardasee", begehrt er auf.

Im offenen Kamin knistert es.

„Vor Kurzem?", lacht sie, „dein Gedächtnis lässt nach, mein Lieber, das war um Pfingsten herum, also bereits vor einem halben Jahr."

Alfred legt die *HZ* zur Seite und rutscht auf dem Stuhl hin und her. „Und wo soll`s bei diesem schmuddeligen Novemberwetter bitteschön hingehen, Ursula?", raunzt er und schaut durch die Fensterscheibe, vor der erstmals vereinzelte Schneeflocken den Winter ankündigen. „Hinfliegen, nicht hingehen, Alfred. Hab schon gebucht. Am kommenden Dienstag. Abflug vom *Hahn* nach Teneriffa, für zwei Wochen."

„Schön, dass du mich vorher gefragt hast", mosert er und zurrt die Schlaufen des grauen Trainingsanzugs über der ausladenden Bauchfalte fest. Seine Füße suchen die Birkenstock-Latschen unter dem Esstisch, vergeblich. „Sinnlos, du hättest ohnehin nein gesagt", zuckt sie mit den Schultern. „Eben", antwortet er prompt. „Deshalb hab ich für uns entschieden. In den nasskalten Monaten ist ein *Tapetenwechsel* angesagt. Basta! Tut übrigens deinem lädierten Rücken gut, die Wärme dort."

„Also ich find`s ganz schön zuhause. Hier ist es kuschelig warm" – er blickt zu dem lodernden Feuer im Kamin – „und ich kann dem Tanz der Schneeflocken zuschauen", sagt er, zeigt zum Fenster hin und verschränkt die Arme.

„Ich weiß, deine Trägheit nimmt täglich zu, Alfred. Als ich dich kennenlernte, da warst du ein sportliches Energiebündel, durchtrainiert und gertenschlank, hast auf den Fußballplätzen des

Hunsrücks Tore am Fließband geschossen, und allabendlich hast du an den Wochenenden die Nächte durchtanzt, als gäbe es kein Morgen, alle haben dich bewundert – und jetzt? So ´nen Ballonbauch wie du hatte ich nicht mal, als ich mit den Drillingen schwanger war, bevor der platzt, werden wir Gegenmaßnahmen ergreifen, gesundes Essen, Verzicht auf Alkohol, viel Bewegung, und mit alldem beginnen wir auf Teneriffa, ein vielversprechendes Programm mit professioneller Unterstützung habe ich vor- und fürsorglich hinzu gebucht, Alfred, beschlossen ist beschlossen, ohne Wenn und Aber, basta!"

Mit offenem Mund und gekrümmtem Buckel hat Alfred das Maschinengewehrfeuer über sich ergehen lassen. Paul und Paula, das Zwergsittich-Paar, hat sich im Käfig in die hintere rechte Ecke verkrochen. Wie ein Häufchen Elend sitzt Alfred, der um seine Ruhe gebrachte Ehemann, auf der Anklagebank, vor sich leere Teller. Mit welchem Genuss hatte er noch Minuten zuvor einen halben Ringel Fleischwurst, etliche Scheiben rohen Schinken und Blutwurst, drei Rühreier mit Speck, einen ganzen Camembert sowie drei Brötchen in sich hinein gestopft, dazu vier Tassen Kaffee und zwei Fruchtjoghurt zum Nachtisch. In froher Erwartung des sich anschließenden Frühstückfernsehens mit aktueller Sportberichterstattung und der allmorgendlichen Zeitungslektüre war der Tag doch so gut gestartet! Und nun diese Philippika! Im Hinterstübchen ist ihm allerdings schon klar, dass Ursula eigentlich Recht hat, eigentlich. Aber bitteschön nicht so bald!

Ein Fünkchen Hoffnung hat er noch. Für die Folgewoche hat die Gewerkschaft Cockpit einen Streik der Piloten wegen mieser Arbeitsbedingungen in Aussicht gestellt. Und auf die Gewerkschaft ist in den letzten Jahren immer Verlass gewesen. Natürlich verschweigt Alfred diesen Rettungsanker. *Wozu schlafende Hunde wecken!* Er möchte schließlich nicht als *Störenfried* die phantasievolle Urlaubsplanung durcheinander bringen. Und ein nicht von ihm zu verantwortender Flugausfall würde einen Streit erst gar nicht aufziehen lassen. *Kommt Zeit, kommt Rat,* beruhigt er sich und blättert nun doch mit einem lauthalsen Gähnen die *HZ* durch. Bereits auf Seite drei wird er von einem Bericht des Weltklimarats in seiner ablehnenden Haltung bestärkt: Unnötige Flugreisen in entfernte Urlaubsgebiete sollten zwecks Verringerung der Luftverschmutzung tunlichst unterbleiben.

Ursula hat ihn genau beobachtet. Sie kennt ihren Alfred. Merkwürdig, dass er so rasch die Kurve kriegt und zur Tagesordnung übergeht, denkt sie bei sich und an nichts Gutes. Was führt er im Schilde? Sie streicht den Rock glatt, steht auf und räumt den Tisch ab, während Alfred hinter der Zeitung in Deckung geht. Ursula beschließt, im Internet zu recherchieren, ob irgendetwas dem geplanten Flug und dem Aktivurlaub auf Teneriffa im Wege stehen könnte. Zum Glück hat sie die Möglichkeit zu stornieren vorgesehen. Frau weiß ja nie.

Alfred liest derweil den Vorbericht zum Rheinlandpokal-Halbfinalspiel Karbach gegen Emmelshausen, das er nächste Woche mittwochabends auf dem Quintinsberg keineswegs verpassen möchte. Er hofft auf gewerkschaftlichen Beistand.

☙

Wir suchen eine männliche Person, die sich nicht mit den Gegebenheiten abfinden will.

Der gesuchte Begriff besteht aus zwei Wörtern, einem Tätigkeitswort als Kopfwort und einem Hauptwort als Endwort.

Würde man das Hauptwort mit -en verlängern, bedeutete es das Gegenteil von Krieg.

Das Tätigkeitswort steht inhaltlich in krassem Gegensatz zu dem Hauptwort.

Wir suchen jemand, der die Eintracht, Ruhe und Ordnung durcheinanderbringt.

Er stellt damit eine demokratische Tugend unter Beweis.

Ein jeder ist seines Glückes …
Störenfried.

Es geht um eine Veränderung.
Der gesuchte Begriff hat zwei Bedeutungen.
Er besteht aus zwei Wörtern.
Das Kopfwort ist dreisilbig, das Endwort zweisilbig.
Ein handwerklicher Vorgang ist gemeint.
Dabei wird die Wandverkleidung eines Raumes ausgetauscht.
Im übertragenen Sinn geht es um einen – zumeist vorübergehen-
den – Ortswechsel, etwa durch einen Urlaub.
Tapetenwechsel

Ergänzt bitte die Redewendungen und Sprichwörter!
Wozu schlafende **Hunde** … wecken?
Da liegt der Hund … begraben.
Sie sind auf den Hund … gekommen.
Bei diesem Wetter jagt man keinen … Hund vor die Tür.
Er ist bekannt wie ein … bunter Hund.
Da wird ja der Hund in der Pfanne … verrückt.
Damit lockt man keinen Hund hinter … dem Ofen hervor.
Den letzten beißen … die Hunde.
Der Schwanz wedelt … mit dem Hund.
Viele Hunde sind … des Hasen Tod.
Er ist kalt wie … eine Hundeschnauze.
Es möchte kein Hund so … länger leben.

Es geht um ein Nutztier.
Dessen Name ist einsilbig.
Das Nutztier ist, so das Sprichwort, deutlich hörbar.
Es hat nämlich etwas abbekommen.
Botschaft: Wenn jemand einer Sache beschuldigt wird und sich allzu lautstark dagegen wehrt, hat er wohl etwas mit der Sache zu tun.
Getroffener Hund bellt.

Es geht um ein Nutztier in der Mehrzahl.
Diese Nutztiere sind mehr als deutlich hörbar.
Das muss einen aber nicht erschrecken.
Botschaft: Wer mit Drohungen um sich schmeißt, der setzt diese selten um.
Hunde, die bellen, beißen nicht.

Kommt **Zeit** … kommt Rat.
Zeit ist … Geld.
Alles hat seine … Zeit.
Alles zu seiner … Zeit.
Die Zeit ist am … klügsten.
Die Zeit heilt … alle Wunden.
Er hat alle … Zeit der Welt.
Das waren noch … Zeiten.
Sie hat auch schon bessere … Zeiten gesehen.
Sie hofft auf … bessere Zeiten.
Die Mannschaft spielt … auf Zeit.
Sie will Zeit … schinden.
Bier und Weiber sind die besten … Zeitvertreiber.
(Sprichwort bitte kritisch thematisieren!)
Manch einer möchte die Zeit … zurückdrehen.
Die Zeiten haben sich … geändert.
Er hat die Zeichen … der Zeit erkannt/verschlafen.
Die Zeit vergeht wie … im Flug.

Lärmbelästigungen

„Das ist der Gipfel an Unverschämtheit, Maria!", bellt Georg seiner Frau entgegen, als er wutentbrannt zur Tür hereinschneit. Erste Schneeflocken tummeln sich gerade vor dem Fenster. Zum x-ten Mal hat er kurz zuvor den Nachbarn angeblafft, die Trompetenschüler weiß der Teufel wo zu unterrichten, aber bitte nicht vor Ort. Bereits um zehn Uhr in der Früh nerven die kläglichen Töne eines stümpernden *Dreikäsehochs*.

„Und wie hat Herr Diederich reagiert?", fragt Maria, die gerade dabei ist, den Frühstückstisch abzuräumen.

Statt einer Antwort pfeffert Georg einen Briefumschlag auf den Tisch und sinkt schnaubend in den Lehnstuhl. Dessen Rücken hat sich dem seinen angeglichen, als sei er mit ihm verwachsen. Wie ein Hirsch röhrt Georg ins *Taschentuch*.

Neugierig öffnet seine Frau das Kuvert und entnimmt ihm zwei Karten. Dabei huscht ein Lächeln über ihr rotwangiges Gesicht.

„Oh, Eintrittskarten für das vorweihnachtliche *Bach*-Konzert der Philharmonie im Kölner Dom!", staunt sie. Im selben Moment zersägen erneut Misstöne aus Diederichs Trompetenunterricht ihre aufgeräumte Laune.

„Da hörst du`s", grantelt Georg. „Konzertkarten als Schmerzensgeld. Nicht mit mir, Maria!"

„Na ja, der Anfänger wird im Dom ja wohl kaum mitspielen", versucht sie zu beruhigen, nimmt Georg gegenüber Platz und ihr Strickzeug in die Hände.

„´Spielt`? Dass ist nicht lache!", nörgelt er und greift unwirsch zur Zeitung. Lustlos überfliegt er die Seiten. Plötzlich ruckelt er sich zurecht. Die Mundwinkel zucken.

„Auch das noch Maria!", raunzt er.

Sie unterbricht ihren Strickmarathon.

„Rechtlich sind wir nun auch noch die Deppen", platzt ihm der Kragen, „der BGH, das höchste Zivilgericht, der Bundesgerichtshof also" – Belehrungen kann er nun mal nicht lassen – „hat gestern letztinstanzlich entschieden. Freie Entfaltung der Persönlichkeit, Berufsfreiheit und so weiter, bla bla bla. Diese Rechtsverdreher, Gott noch mal!"

Aufgebracht schmeißt er die Zeitung auf den Beistelltisch, von dem Katze Mia mit einem zornigen Miau *Reißaus nimmt.*

„Die Mittags- und Nachtruhe hält Herr Diederich ja pingelig ein", wagt sich Maria ein wenig aus der Deckung und erntet prompt den mürrischen Blick ihres Gatten.

„Das ist dann die Zeit des werten Nachbarn Heinrich Schornstein, den ich am liebsten durch denselben blasen würde", grummelt Georg.

Maria zieht es vor, nicht zu antworten. Tatsächlich nervt der schwerhörige Nachbar seit Tagen jeweils um die Mittagszeit und am frühen Abend mit dem Laubbläser. Der quält das Ohr noch schlimmer als missratene Trompetentöne.

Und als sei dies alles nicht schon schlimm genug, sehen beziehungsweise hören sie sich seit Kurzem auch noch einer nächtlichen Ruhestörung ganz besonderer Art ausgesetzt: Ein andauerndes monotones Geräusch stört seit mehreren Nächten den Schlaf.

Maria vertieft sich in die Strickarbeit. Georg stakst zur Toilette. Das wird länger dauern, weiß sie. Seit Jahren frönt er dort allmorgendlich seiner Krimi-Leidenschaft. Wie viele Schmöker hat der Toiletten-Leser an dem Örtchen nicht schon verschlungen? Na ja, es gibt Schlimmeres, schmunzelt sie.

„Wenn das heute Nacht wieder passiert, dann rufe ich die Polizei!", blökt er, als er erleichtert wieder auftaucht.

Um seiner Entschlossenheit Nachdruck zu verleihen, schlägt er auf die Tischkante.

Maria erschrickt. Sie hat sich minutenlang bereits in Gedanken mit Freundin Elisa den Klängen des Weihnachtskonzerts hingegeben. Sie räuspert sich, steht auf und sagt:

„Ich geh mal kurz rüber zu Elisa."

33

„Kannst ihr gerne die Karte für das Domkonzert mitnehmen", grantelt Georg, der seine bessere Hälfte kennt.

Kaum sind sie spätabends wie immer nach dem „Tatort" zu Bett gegangen, meldet sich das monotone Geräusch wieder.
„Jetzt reicht`s!", knurrt Georg, springt auf und wählt die Nummer der örtlichen Polizeistation. Wenig später hören sie das *Martinshorn*.
Am nächsten Tag informiert ein Polizeisprecher die Lokalzeitung.
Wegen nächtlicher Ruhestörung alarmiert, rückten unsere Ermittler gegen zweiundzwanzig Uhr dreißig aus. In einem Baum in der Nachbarschaft einer Reihenhaussiedlung entdeckten sie einen nachtaktiven Greifvogel. Den interessierte die Nachtruhe der Anwohner ebenso wenig wie den Menschen dessen Lebensraum. Da ist nun mal nichts zu machen. Der Uhu bleibt, wo er ist.

Wir suchen zu jedem Buchstaben des Alphabets ein Tier, etwa: Adler, Bär, Chamäleon, Dorsch, Esel, Fuchs, Gepard, Hase, Igel, Jaguar, Kamel, Löwe, Nashorn, Orang-Utan, Papagei, Qualle, Rentier, Schaf, Tiger, Uhu (!), Vogelspinne, Wellensittich, X (ein Fabeltier?), Yak (asiatisches Rind), Ziege.

Wir suchen einen Begriff, der aus zwei eigenständigen Wörtern besteht. (Beispiel: Gas geben)
Das Kopfwort ist ein Hauptwort.
Dieses Hauptwort gibt es nur in der Verbindung mit dem gesuchten Begriff.
Das zweite Wort des gesuchten Begriffs ist ein geläufiges Tätigkeitswort, das z.B. „erfassen", „ergreifen" bedeutet.
Beide Wörter des gesuchten Begriffs sind zweisilbig.
Dieser Begriff bedeutet so viel wie „entfliehen", „schnell weglaufen".
Beispiel: Vor dem großen Hund nahm der Junge … Reißaus.
Reißaus nehmen

Wir suchen ein lustiges Sprachbild für einen Knaben.
Der gesuchte Begriff ist dreigliedrig.
Er besteht aus jeweils einsilbigem Kopf- und Endwort sowie aus einem zweisilbigen Mittelwort.
Das Kopfwort ist eine einstellige Zahl.
Das Mittelwort bezeichnet ein gängiges Milchprodukt.
Das Endwort meint das Gegenteil von ´tief`.
Der Knirps heißt auch **Dreikäsehoch.**

Im Einwohnermeldeamt

„Tag, Frau Elsen. Neuer Personalausweis?"

„Nö, Frau Nesle, neuer Reisepass", antwortet Anne Elsen und greift zur Handtasche, damit ihre Bekannte Platz nehmen kann. Die wohnt ebenfalls in der Gartenstraße, dort, wo die alteingesessenen Bürger schon immer gewohnt haben. Die Zeit im Warteraum mit dem Austausch von Neuigkeiten zu überbrücken scheint beiden am Herzen zu liegen. Ihnen gegenüber blättert eine fremde Frau in der Werbebroschüre „Hunsrück erleben".

„Aha, wo geht`s denn hin?", fragt Sarah Nesle, gar nicht neugierig.

„*DomRep* natürlich. Da muss man doch mal gewesen sein, oder?", tönt Anne Elsen im Brustton der Überzeugung.

„Also, ich weiß nicht. Da machen doch Hinz und Kunz Urlaub", stichelt Sarah Nesle, „allenfalls mit `nem *Kreuzfahrtschiff* würde ich da mal für kurze Zeit aufschlagen. Letzte Woche ist das Traumschiff ..."

„Das ist nicht Ihr Ernst!", unterbricht sie die Elsen und starrt sie mit wildem Blick an. „Keine zehn Pferde könnten mich dazu bringen. Mit Tausenden auf dem Meer schippern, in einem Luxusmonster eingepfercht? Nein danke! Stellen Sie sich mal vor, da bricht ´ne Grippe aus! ... Von Umweltverschmutzung ganz zu schweigen. Ich bitte Sie, Frau Nesle!"

„Da ist der Flug in die Karibik ja geradezu `ne ökologische Musterreise", schnattert Sarah Nesle.

Anne Elsen scheint sich zu denken: Die Klügere ... [gibt nach]. Jedenfalls wechselt sie unvermittelt das Thema.

„Sie haben ja einen adretten neuen Nachbarn, Frau Nesle."

Die fremde Frau blickt für einen kurzen Moment auf, ohne dass dies den beiden Streithühnern auffiele. Dann widmet sie sich wieder ihrer Lektüre.

„Ja, ja, der Herr Doktor Malnikov, der hat schon was", schmunzelt Sarah Nesle.

„Vor allem Geld. Das Haus war ja nicht gerade ein Schnäppchen", hakt Elsen nach, „immerhin 600000 Euro wurden im Internet aufgerufen."

„Wissen Sie, Frau Elsen, Leute aus `ner Großstadt, die sind ganz andere Preise gewohnt. Für die klingen 600000 Euro fast schon wie ein Schnäppchen."

„Und, lebt der Mann alleine in der Villa?"

Die Elsenche Neugier scheint unermesslich zu sein.

„Jedenfalls habe ich bislang keine Frau an seiner Seite gesehen", antwortet Nesle, deren Augenbrauen nach oben wandern. Schließlich hat sich die junge Witwe Elsen nach dem Tod ihres betagten Ehemanns einen gewissen Ruf erarbeitet. Hört man zumindest.

Im selben Moment öffnet eine blutjunge Verwaltungsangestellte die Glastür und fragt in den Raum hinein:

„Frau Doktor Malnikova?"

Die fremde Frau steht auf, streift den Rock glatt und die beiden Damen Elsen und Nesle mit einem Grinsen. *Die halten Maulaffen … [feil].*

Gloria Malnikova stolziert in das Büro des Einwohnermeldeamts und zieht die Tür hinter sich zu.

༂

In nahezu jedem Dorf gibt es Klatschtanten wie die Damen Elsen und Nesle, oder?

Die Redewendung besteht aus einem Hauptwort und einem Tätigkeitswort.

Das Hauptwort ist zweigliedrig.

Es besteht aus einem einsilbigen Kopf- und einem zweisilbigen Endwort.

Das Kopfwort ist eine derbe Bezeichnung für den Mund.

Das Endwort nennt menschenähnliche Tiere.

Das Tätigkeitswort ist veraltet. Es bedeutet: etwas zum Verkauf anbieten.

Die Botschaft der gesuchten Redensart lautet: Jemand steht gaffend herum.

Maulaffen feilhalten

Wo ist Leo?

Die Trennung von Simone war schmerzhaft, aber notwendig. Um Abstand zu gewinnen, ist Justus mit dem zwölfjährigen Sohn Leo auf den Hunsrück gezogen, in die Heimat nach Willmerod. Als Informatiker hat er sofort eine leitende Stellung in einem Simmerner IT-Unternehmen gefunden.

Heute ist Leos erster Schultag in der neuen Schule in Simmern. Der erste Tag nach den Sommerferien. Justus fährt den Filius an diesem besonderen Tag ausnahmsweise mit dem Auto zum Gymnasium. Der Unterricht beginnt nach dem Gottesdienst um 9.30 Uhr, also mit der dritten Stunde.

„Bin gespannt, welche Leute ich kennenlerne", kommt es Leo neugierig über die Lippen.

„Ich dachte, du dächtest eher an deine neuen Lehrer", sagt der Vater.

„Die Pauker werden auch nicht anders sein als die an der *Penne* in Köln, oder?", murmelt Leo. Vater Justus Gutenberg schmunzelt.

Er stellt den Wagen auf dem Standstreifen ab und begleitet den Sohn bis vor die gläserne Eingangstür. Diesen besonderen Moment hält er mit der Handykamera fest. Später wird Leo sich an dieses Bild erinnern.

Weit und breit ist niemand zu sehen.

„Ich wünsche dir jedenfalls `nen guten Start in deiner neuen Klasse", sagt Justus und umarmt seinen Sohn. Dann kehrt er um und steigt ins Auto. Als er nochmals zur Tür blickt, ist Leo schon nicht mehr zu sehen.

Um elf Uhr zwanzig erhält Justus, kurz vor einer Mitarbeiterbesprechung, den Anruf der Schulsekretärin.

„Guten Tag, Herr Doktor Gutenberg. Wir haben Ihren Sohn Leo heute in der 7a erwartet. Doch er fehlt."

„Verstehe ich nicht. Ich habe ihn selbst heute Morgen vorm Gymnasium abgesetzt", sagt Justus Gutenberg.

„Und er wusste, dass er der 7a zugeteilt ist?"

„So ist es, Frau Mayenfels", antwortet er verwundert. „Informieren Sie mich bitte umgehend, wenn er auftaucht. Da kann ja nur ein Irrtum vorliegen."

Immer wieder versucht Justus Leo per Handy zu erreichen. Selbst mehrere SMS bleiben ohne Antwort. Auch im Haus in Willmerod geht niemand ans Telefon.

In der Mittagspause spricht er im Sekretariat des *Hunsrück-Gymnasiums* vor. Frau Mayenfels meldet ihn bei Schulleiter Doktor Wolf an.

„Wie war Leo heute Morgen denn so drauf, Herr Gutenberg?"

„Gespannt auf neue Mitschüler", sagt Justus.

„Also keine Anzeichen, dass er vielleicht ..."

„Ganz bestimmt nicht, Herr Wolf", unterbricht er den Schulleiter.

„Da muss etwas vorgefallen sein. Ich kenne meinen Sohn."

„Hat Leo vielleicht Freunde oder Bekannte, die er getroffen haben könnte?", fragt Wolf.

„Leo und ich wohnen erst seit einer Woche auf den Hunsrück. Wir, seine Eltern, wir haben uns getrennt, den Rest können Sie sich denken", grummelt Justus vor sich hin.

„Und dass Ihre Frau heute Morgen hier aufgetaucht sein könnte ..."

Erneut winkt Justus ab.

„Die ist zur Zeit in einer Entziehungskur in Bayern."

Wolfs Stirn legt sich in Falten.

„Ich fürchte, wir müssen etwas Geduld aufbringen, Herr Gutenberg. Sie können zwar eine Vermisstenanzeige bei der hiesigen Polizei aufgeben, aber aller Erfahrung nach werden die heute noch nicht darauf reagieren."

Justus Gutenberg zieht die Augenbrauen nach oben und fragt:

„Gibt es vielleicht im Eingangsbereich eine Überwachungskamera? Kurz vor der Tür habe ich Leo gegen neun Uhr verabschiedet." Er zückt das Smartphone, klickt auf die Tastatur und schiebt dem Schulleiter das Gerät über den Tisch hin zu. Der steht auf und bittet Herrn Gutenberg, ihn zum Hausmeister Peter Ohnesorge zu begleiten.

Ohnesorge, kurz über die Situation in Kenntnis gesetzt, sagt, während er die Kassette der Videokamera zurückspult, ihm sei am Morgen nichts Außergewöhnliches aufgefallen. Allerdings sei er zur fraglichen Zeit in der Werkstatt gewesen. Gespannt beugen sich die drei über den Tisch.
Um neun Uhr drei betritt Leo den Flur und bleibt wie angewurzelt stehen. Eine Frau kommt ins Bild. Leider sieht man sie nur von hinten. Langes schwarzes Haar, schlank. Sie packt ihn an der Hand und zieht ihn aus dem Bild. Für einen Wimpernschlag sieht man das schmale Gesicht der Frau im Profil. Der Schnellvorlauf zeigt Minuten später Schülerströme, die von der Drehtür hereingespült werden.
Justus sinkt in den Bürostuhl Ohnesorges und verbirgt das Gesicht in beiden Händen. Dann räuspert er sich und blickt in fragende Augen.
„Meine Frau, Herr Wolf", stammelt er.

Wie wünscht ihr euch, dass die Geschichte weitergeht?

41

„Sie irren sich, Herr Gutenberg. Das ist Sonja Susenburger, Klassenlehrerin der 7b, die Leo abholt", sagt der Schulleiter und der Hausmeister nickt. Doktor Gutenberg kriegt den Mund nicht mehr zu.

„Frau Susenburger hat mit den Kindern die Eisdiele besucht", lächelt Wolf, „Sie müssen sich also keine Sorgen machen."

„Dann ist mein Leo versehentlich in die falsche Klasse geraten?", stammelt er.

„Und da scheint es ihm gut zu gefallen, Herr Gutenberg", legt der Schulleiter nach.

„Das heißt?", fragt der verblüffte Vater.

„Dass es wohl so sein soll, oder? Die neue Klasse und ihre Lehrerin sind Leo anscheinend wichtiger als Französisch als zweite Fremdsprache. Dann lernt er eben Latein. Das kriegen wir schon hin."

„Für den Nachmittag hat die Suse sich übrigens was Besonderes für ihre neue Klasse ausgedacht", sagt der Hausmeister. Er lächelt, gibt das Geheimnis aber nicht preis.

ఠ

Was könnte das Besondere sein? Was hat die Klassenlehrerin sich für die neuen Schützlinge einfallen lassen?

42

Sommergewitter

Der Wind hat die Wolkenkulissen zur Seite geschoben. Strahlend kündigt der feuerrote Sonnenball einen herrlichen Sommertag an. Auf den haben sie lange warten müssen, Paul und die Kinder Johannes, Fabian und Hannah, fünfzehn, vierzehn und dreizehn Jahre alt. Nun endlich können sie mit ihren brandneuen Fahrrädern loslegen. Alle drei hatten im Mai Geburtstag und Opa Helmut war ganz schön spendabel!

Mutter Julia hat für den Ausflug ein Picknick vorbereitet und es in Pauls Rucksack verstaut. Sie selbst bleibt zu Hause, denn Nesthäkchen Annemie muss noch gestillt werden.

Vater Paul freut sich mächtig auf den Ausflug. Er, der, wann immer es die knappe Zeit erlaubt, mit dem Mountainbike auf den Hunsrückhöhen unterwegs ist, kann endlich mal mit den Kindern radeln. Er weiß, wo Kuhherden weiden, wo Schäfer ihre Pferde [Schafe] grasen lassen, wo der Rotmilan kreist, wo Hasen und Rehe sich aus der Deckung trauen. Von all dem hat er ihnen erzählt, nun kann er es ihnen endlich zeigen. Was für eine Freude!

„Wann kann ich mit eurer Rückkehr rechnen?", fragt Julia.

„Zum Mittagessen gegen eins. Vierzig Kilometer, dabei zwei Pausen. Drei Stunden also."

Mit dieser Ankündigung liegt Papa Paul, wie sich zeigen wird, gehörig daneben.

Gegen zehn Uhr erreichen sie Simmerns Bu[e]rgschlösschen. Durch den Bahntunnel führt sie der Schinderhannes-Radweg Richtung Kirchberg [Kastellaun]. Beidseitig überdacht Sträucherblattwerk die Strecke und spendet Schatten. Das Thermometer zeigt bereits dreißig Grad an. Nach etwa zwei Kilometern biegen sie an der Straßenquerung links nach Keidelheim ab. Von dort aus müssen sie den Anstieg über einen Feldweg bewältigen, der zu einem Waldstück führt. Die Sonne heizt ihnen bereits heftig ein.

„Ganz schön anstrengend", keucht Hannah.

„Dafür geht's bald bergab nach Fronhofen", beruhigt Papa Paul und schiebt sie ein wenig an.

Johannes und Fabian winken triumphierend von unten [oben], vom Waldrand her.

Der schattige Weg durch die Waldschneise tut gut, ebenso der Fahrtwind bei der Abfahrt nach Fronhofen. Dort beginnt der Biebertalradweg. Vorbei geht es an einem umgepflügten Acker [einer weitläufigen Wiese], auf dem [der] eine Kuhherde weidet. Auf abgeernteten Feldern liegen Heurollen, die an riesige Traktorräder erinnern. Hinter einer Weggabelung kommen die beiden Kirchtürme von Biebern in den Blick. Hand in Hand spaziert eine muntere Gruppe Kleinkinder auf unsere Radler zu und singt *Das Wandern ist des Müllers Lust.* Lachend erzählen sich Fabian, Johannes und Hannah von den eigenen Kitaerfahrungen, während sie die „Bi(e)berburg" passieren. In Reich geht es an dem gepflegten Soldatenfriedhof vorbei, dann nach Wüschheim, an dessen Ortsausgang sie sich im Kneip-Fußbad erfrischen und sich eine Brotzeit gönnen. Ein kurzer Anstieg, dann düsen sie bergab nach Hundheim, anschließend radeln sie nach Völkenroth. Der Waldweg Richtung Beller Bahnhof ist dann eine holprige Angelegenheit.

Ihr Etappenziel Beller Tierpark ist noch etwa ein Kilometer entfernt. Da hört man aus der Nähe [Ferne] leises Grummeln. Besorgt geht Pauls Blick zum Himmel. Mächtige schwarze Wolkenvögel rauschen heran.

„Kinder, Beeilung, da zieht ein Gewitter auf", ruft er. Fabian und Johannes geben Gas. Paul unterstützt Hannah, der die Puste auszugehen droht.

Kaum ist der Tierpark in Sicht, spucken die Wolken erste Regentropfen. Mit letzter Anstrengung können Vater und Tochter sich gerade noch in Sicherheit bringen, bevor der Himmel seine Schleusen öffnet und Blitz und Donner miteinander wettstreiten.

„Nochmal Glück gehabt", schnieft Hannah, atmet tief durch und kuschelt sich an den Vater, während ihre Brüder sich an der

44

Fensterscheibe des Gastraums die Nasen plattdrücken, begeistert von dem Naturschauspiel. Immer wieder wird die Tür aufgestoßen. Durchnässte Radler und Wanderer tapsen erschöpft in die warme Bude [Stube].

Paul zückt das Handy und tippt einige Ziffern ein. „Wird später. Heftiges Gewitter hält uns auf. Sind in der Gaststätte am Beller Tierpark in Sicherheit. Liebe Grüße, Paul."

☙

Konzentrationsfrage vorweg: *Findet die in der Geschichte eingebauten Fehler!*

Dumm gelaufen

Kaum ist die Hausherrin mit den Kindern im Porsche-SUV davon geprescht, macht er sich an die Arbeit. Tagelang hat er von der gegenüberliegenden Kneipe aus die Gewohnheiten der Bewohner des Hauses beobachtet. Zwei Stunden Zeit bleiben ihm erfahrungsgemäß für den Besuch. Mit einem Glasschneider zaubert er ein ovales Einstiegsloch in die rückwärtige Terrassentür und steigt ein.

In der Küche raucht er zunächst einmal genüsslich einen Joint. Dann schlurft er zum Arbeitszimmer des „Schlossherrn". Abgeschlossen. Mit eingezogener Schulter schmeißt er sich gegen die Tür. Drinnen reißt er die Bilder von der Wand, in der Hoffnung, dahinter den Safe zu finden. Enttäuscht tritt er gegen den lederbezogenen Bürostuhl. Krachend donnert der gegen die Bücherwand. Die Erschütterung lässt einige Folianten von der obersten Ablage herabrutschen. Sieh da! Herbstblättern gleich segeln Hunderteuro-Scheine den Folianten hinterher zu Boden. Die hat man anscheinend in den Büchern versteckt. Seine Laune hellt sich auf. „Geht doch!"

Da fibriert das Handy. Er überfliegt die SMS: „Versteck hinter dem Kleiderschrank im Elternschlafzimmer, mittige Rückwand." Er grinst, sammelt die Scheine ein und eilt die Treppe hinauf. Auf Sabrina ist Verlass, denkt er. Sie würde wie immer gegen elf Uhr zum Putzen kommen.

Er schiebt die Spiegeltür des Schranks zur Seite, zerrt die teuren Kleider heraus und wirft sie auf das zerwühlte Bett. Dann klopft er die Holzrückwand ab und ortet einen abweichenden Klang. Mit der Stichsäge gelingt es ihm mühelos, die Vorderseite eines in die Betonwand eingelassenen Safes freizulegen. Schäbig grinsend zieht er den Safe-Schlüssel aus der Tasche der Latzhose, küsst den Schlüsselbart mit einem kecken „Oh Sabrina!" und öffnet. Ein säuberlich aufgeschichteter Stapel Krügerrand-Goldmünzen strahlt ihn an. Bevor er die versorgt, zieht er sich eine zweite Tüte

46

rein. Den Schlüssel versteckt er unter dem Kopfkissen, wie er es mit Sabrina abgesprochen hat.

Der Rucksack ist so schwer, dass er Mühe hat, blessurenfrei die Treppe nach unten zu steigen. Schnaufend sinkt er in die Wohnzimmercouch. Eine halbvolle Flasche Talisker buhlt um Aufmerksamkeit. „Na denn", grunzt er und leert die Whiskyflasche mit gierigen Zügen. Darüber döst er weg.

Als er wieder die Augen aufschlägt, schaut er auf zwei Uniformierte. Er will aufspringen, merkt aber schmerzhaft, dass man ihm Handschellen angelegt hat. Ein Hummelgeschwader hat ein Trainingscamp in seinem Kopf aufgeschlagen. Sekündlich starten und landen Flieger und hämmern im Schädel.

Und die beiden Beamten grinsen ihn von oben herab an.

Der Dicke, den Daumen der Linken hinter dem Ledergürtel, über den sich eine üppige Bauchfalte wölbt, drückt ihn mit der Rechten in den Sitz und herrscht ihn an: „Sitzen bleiben, Freundchen!"

„Verdammt!", entfährt es ihm, dem törichten Möchtegern-Dieb, der sich wie ein Idiot hat ertappen lassen.

Die Amtsschimmel wiehern. Dann tuscheln sie miteinander.

Der hagere Lange hievt ihn unsanft an den Handschellen in die Höhe und stößt ihn zur Tür hinaus.

Die Hausherrin bedankt sich bei den Polizisten, die ihn in den blauen Dienstwagen verfrachten.

Wenig später kreuzt die Putzfee Sabrina auf. Sie darf sich anhören, wie dämlich sich der Einbrecher angestellt hat.

☙

Ist die Geschichte erfunden oder könnte sie sich tatsächlich so ähnlich ereignet haben?

Die „Welt" vom 15.10.2018: Dieb wird von Kommissaren am Tatort festgenommen, wo er unter Drogeneinfluss eingeschlafen war.

Doppelter Tatort

„Doppelmord im Hunsrück-Hotel". Diesem mit großem Werbe-Tamtam angekündigten Krimi haben beide nach einem arbeitsreichen Tag entgegengefiebert. Während die seit Jahren vertraute Titelmusik des „Tatort" ausklingt, schließt sich die Tür des Hotelaufzugs. Im letzten Moment huscht ein Mann in einem grauen Trenchcoat hinein. Zwischen erstem und zweitem Stock bleibt der Lift ruckartig hängen. Zwei Schüsse, kurz hintereinander. Dann Grabesstille.

Eva und Anton schauen sich an. Hat jemand dem Fernseher den Ton abgedreht?
Plötzlich ein Knall. Antons Rechte zuckt zur Hüfte. Doch er hat die Polizeiuniform bereits mit dem bequemen Trainingsanzug getauscht. Das Fernsehbild erlöscht mit einem Mal, das Deckenlicht im Wohnzimmer ebenfalls. Man sitzt im Dunkeln. Anton müht sich in Richtung der Hochkommode, wo er die Taschenlampe vermutet. Da scheppert es und er heult auf: „Verdammt, muss die blöde Vase im Weg stehen!"
„Die kann nichts dafür", ruft Eva. „Ich glaub, ich bin in ´ne Scherbe getreten", ächzt er. Er stößt gegen die Kommode, befingert deren Tür, bekommt den Knauf zu fassen und öffnet. Fahrig tastet seine Rechte das oberste Staufach ab, etwas kullert heraus und zerschellt auf dem Boden. Dann hält er die Taschenlampe in der Hand. Er strahlt nach unten und erschrickt. Der Lichtkegel erfasst eine Blutlache um den nackten linken Fuß herum. Eva springt herbei, hilft ihm auf den Stuhl und versorgt fachfraulich die Wunde. „Bin nicht umsonst Arzthelferin", beruhigt sie ihren Freund, der die Zähne zusammenbeißt. „Gerade nochmal gutgegangen", seufzt sie. „Aber wir müssen zum Notarzt. Die Wunde muss genäht werden, und zwar schnell." „Muss das sein?", fragt er. „Keine Widerrede, muss sein!", entgegnet sie.

48

Als sie eine knappe Stunde später zurückkommen, sind Deckenleuchte und Fernseher wie von Geisterhand wieder in Betrieb. Die Titelmusik beendet soeben den Krimi. Eva stützt Anton ab. Er sinkt in den Ohrensessel und legt den bandagierten Fuß auf die Ablage. Dann ruft Eva den Film in der Mediathek auf.

„Den wollen wir uns doch nicht entgehen lassen, oder?", muntert sie ihn auf und stellt zwei Gläser mit Wasser und eine Schale mit Gebäck auf den Beistelltisch. Mit der Linken startet sie den „Tatort", mit der Rechten streichelt sie seine Hand.

Wieder ertönt die Titelmusik. Nach dem bekannten Vorspann zeigt die Kamera in Nahaufnahme den blutbespritzten Spiegel im Aufzug und schwenkt dann zu Boden. Der Trenchcoatmann, den Revolver in der Hand, lehnt gekrümmt an der Rückwand. Weit aufgerissene Augen starren in die Kamera. Blut rinnt aus den Mundwinkeln, ein mäanderndes Rot färbt den Mantel. Schräg ihm gegenüber, zur Seite gekippt liegt eine Frau, deren Gesicht von einer schwarzen Mähne überdeckt ist. Die gemeinsam älter gewordenen knuffigen Kölner Kommissare nehmen den Tatort in Augenschein.

Gerade will Kommissar Baldauf einen Spruch absetzen, da klopft jemand heftig gegen die Wohnungstür. Eva drückt die Stop-Taste und räkelt sich aus dem Sessel.

„Mist", sagt sie, geht zur Tür, schaut durch den *Spion* und öffnet.

„Entschuldigt die späte Störung, Eva. Ich brauche dringend euren Rat."

Anton hört die schrille Stimme. Ihm schwant nichts Gutes. Ohne lange zu fackeln, poltert Maria herein. Eva schlurft kopfschüttelnd hinter ihr her. Mit einem Fragezeichen in den Augen fixiert Maria Antons lädierten Fuß. „Gibt Schlimmeres", winkt der ab und räkelt sich im Sessel. Marias Blick wandert zum Fernseher. Sie sieht das Standbild mit dem Aufzug-Tatort und flötet: „Der Nachtportier ist der Strippenzieher."

„Toll!", antworten Eva und Anton.

„Na denn", stöhnt Maria und merkt nicht, dass sie den Nachbarn soeben den Krimi-Spaß vermasselt hat. Ohne die Bitte, sich zu setzen, abzuwarten, pflanzt sie sich in den Zweisitzer und atmet tief durch. Dann lästert sie über die neuen Mitbewohner ab, die am Wochenende parterre eingezogen sind. „Nicht unser Niveau", kommt es ihr spitz über die Lippen. Geduldig lassen Eva und ihr Freund den Wortschwall über sich ergehen. Doch als der kein Ende nimmt und Maria überdies eigenmächtig auch noch das Gebäck in der Schale verdrückt hat, platzt Anton der Kragen: „Wann ziehst du denn endlich aus, Maria?", fragt er und grinst dabei wie ein *Honigkuchenpferd*, obwohl der Schmerz im verletzten Fuß sich wieder meldet.

Beleidigt springt Maria auf und putzt die Platte, ohne ein weiteres Wort zu sagen. Die Tür knallt ins Schloss.

„Musste das sein?", zischt Eva.

„Ja, musste sein", grummelt Anton.

☃

Habt ihr auch Erfahrungen mit nervigen Nachbarn gemacht?

Nervenkitzel

Wer klingelt denn so spät noch? Und das kurz vor Ende der hochspannenden Bundesligapartie Mainz 05 gegen den Hamburger SV!

Verärgert schüttelt Fritz den Kopf, quält sich aus seinem Fernsehsessel, schlurft genervt aus dem Wohnzimmer, durch den Flur und öffnet mit einem Ruck die Außentür. Entsetzt torkelt er zurück. An der Außenklinke baumelt ein Kaninchenkadaver. Blut tropft auf den Boden.

Im selben Moment wird Fritz von einer aufblitzenden Lichtquelle geblendet. Reflexartig schießt seine Rechte hoch und der Arm legt sich schützend vor die Augen. Reifen quietschen und eine infernalische Huperei nötigt ihn, die Hände gegen die Ohrmuscheln zu drücken. Am ganzen Körper zittert er.

Sekunden später ist der Spuk vorbei. Draußen ist es stockdunkel. Er zieht die Türe zu und tastet sich zurück ins Wohnzimmer.

„Mainz besiegt Hamburg verdient mit zwei zu eins", verkündet der Moderator.

„Wenigstens das", stöhnt Fritz und sinkt erschöpft in den Ohrensessel.

Wer will mich spätabends derart provozieren?, grübelt er. Inselhaft steigt peu à peu ein Verdacht aus dem Meer der Erinnerungen auf: ein unappetitlicher Wink aus der Zeit gemeinsamer Jugendsünden. Nur so kann er sich den schaurigen Gag mit dem toten Kaninchen erklären.

Solch makabrer Spielereien war und ist nur einer im weitläufigen Freundes- und Bekanntenkreis fähig. Der liegt nun auf der Lauer und wartet grinsend auf seine, auf Fritz` Reaktion. Und findet sich bei alldem supertoll. Je länger Fritz die Erinnerungen durchforstet, umso mehr wird Ahnung zur Gewissheit. Jahrzehntelang haben sie sich nicht mehr gesehen. Aber den Wettstreit, den kann er haben – wie in alten Zeiten!

51

Entschlossen schlägt Fritz die Linke in die rechte Hand und weiß im selben Moment, was er zu tun hat. Seine Miene hellt sich auf. Schmunzelnd tippt er einige Ziffern ins Handy. Wenige Sekunden später erhält er die erwartete SMS:
„Bin dabei."

Er schlüpft in die schwarze Kapuzenjacke, löscht die Lichter, stapft in den Keller und von dort in die Garage, wo der Jeep wartet. Per Funksignal öffnet sich das Tor und er düst los. Wohin? Zum Gymnasium hoch oben, auf den Hügel seines Heimatstädtchens. Den letzten Kilometer fährt er ohne Licht, gefährlich, aber notwendig. An einer Weggabelung im Hang wartet Ansgar schon. Fritz hält an und der Freund steigt ein.
„Na, dann wollen wir unserem alten Kumpel doch mal zeigen, wo der Hammer hängt", kommt es ihm verschwörerisch über die Lippen.
Fritz nickt grinsend und kurvt über den Schleichweg hinter das Schulgebäude.
Dort steigen sie aus, stülpen sich die Wolfsmasken über, die Fritz im Gepäck hat, und schleichen um das altehrwürdige Gymnasium herum, den Ort ihrer lange zurückliegenden Untätchen. Wie vermutet steht unter der alten Schulhoflaterne ein Wagen. In dem wartet eine Person, offensichtlich ahnungslos ob der Dinge, die sich ereignen könnten.

Auf ein Zeichen hin springt Ansgar zur Beifahrertür, Fritz hechtet zur Fahrertür, reißt sie auf und zerrt den verdutzten Insassen heraus. Der reißt die Augen weit auf beim Anblick der Wolfsköpfe. Nahezu lautlos gehen sie zu Werke, verbinden ihm die Augen, knebeln ihn, schleppen ihn zu einem Marterpfahl, den sie vor zwanzig Jahren als Abiturienten unter einer mächtigen Linde in den Boden gerammt hatten, und fesseln ihn an den Pfahl. Wild zuckt der Gepeinigte.

Anschließend eilt Fritz zurück zum Jeep, brettert zur Richtstätte, positioniert ihn frontal so, dass die Scheinwerfer Horst Dellbrück gnadenlos anstrahlen, und lässt mit voller Lautstärke *Don´t Stop Me Now* von Queen aus dem Autoradio ertönen.

Mittlerweile hat Ansgar zwei Bierkästen aus dem Kofferraum des Jeep herbeigeschleppt. Auf denen nehmen die beiden Platz, prosten sich zu und genießen den Anblick des alten Schulfreunds Horst am Marterpfahl.

Dem scheint mittlerweile ein Licht aufgegangen zu sein. Jedenfalls hat er es aufgegeben, sinnlos an seinen Fesseln zu zerren.

Bevor Fritz die Wiederholungstaste drückt, befreit Ansgar Horst und reicht ihm eine Flasche Bier.

„Na denn mal Prost", kommt es wie aus einem Mund und die drei liegen sich in den Armen, als *Bohemian Rhapsody* anhebt. Spätestens bei Led Zeppelins *Stairway To Heaven* haben sie sich bereits in die Schulzeit zurückphantasiert.

„Erinnert Ihr Euch noch an den Silvesterabend, als wir Oberstudienrat Koch das geschlachtete Kaninchen an die Türklinke gehängt haben?", raunt Horst und alle drei prusten los.

Erinnert sich jemand an eine Schulfreundin, die Jahre später unerwartet aufgekreuzt ist?
Oder an einen Streich, den ihr Lehrern gespielt habt?

ALLTAG

Zuhause

Zuhause bin ich, wenn ich nachts wach werde und die Hand sogleich den Knopf des Nachttischlämpchens findet. Schlaftrunken torkle ich zur Toilette und greife in richtiger Höhe nach dem Lichtschalter im Bad. Wer des öfteren in Hotels übernachtet, der versteht, was ich mit Zuhause meine. Nachdem ich die Notdurft verrichtet habe, schlurfe ich in die Küche, ohne im Flur über Else zu stolpern, die sich auf ihrer Schlafdecke eingerollt hat. Katze schnurrt leise und döst weiter. Zielsicher, ohne das Licht anknipsen zu müssen, erwische ich im Kühlschrank das Sektfläschchen und genehmige mir ein Schlückchen. Man muss sich schließlich dafür belohnen, sich Nacht für Nacht dem Schlaf zu stellen.

Zuhause bin ich, wenn ich frühmorgens auf dem Balkon Gymnastikübungen mache und dabei von der Hündin des Nachbarn angebellt werde. Das ärgert mich immer. Täte sie es aber nicht, fehlte mir etwas. Zuhause bin ich, wenn Else mir wenig später beim Frühstück schnurrend um die Beine streicht. Zuhause bin ich, wenn nach der Lektüre der *Hunsrück-Zeitung* mein Postbote klingelt, wir ein paar Worte miteinander wechseln und er mir Briefe, Karten oder ein Päckchen in die Hand drückt. Zuhause bin ich, wenn zur immer gleichen Stunde die Glocke der Kirche läutet. Zuhause bin ich …..

വ

Ich bitte meine Zuhörer, eigene Zuhause-Erfahrungen einzubringen.

54

Neulich habe ich allerdings im Bad gefrühstückt. Ich war etwas verwirrt. Den Teebeutel versenkte ich im Zahnputzbecher und warf das Stückchen Zucker in das Wasser des Waschbeckens. Das war allerdings etwas wenig, um das Wasser wirklich zu versüßen. Variante (frei nach Heimito von Doderer)

Ist euch so etwas auch schon mal passiert?

In der Dorfkneipe

„Haben wir `nen Streit angefangen?", fragt Horst und schaut verwundert zum gegenüber sitzenden Freund Leo hin.

Erst vor wenigen Minuten haben sie im Schankraum „Zum wilden Mann" unweit des voll besetzten Stammtischs an einem der wuchtigen Eichentische Platz genommen. Fünf junge Burschen *streiten sich wie die Kesselflicker* und es fehlt nicht viel, dass sie sich wechselseitig an die Gurgel gehen.

Die Freunde Horst und Leo haben bei strahlend blauem Himmel und hochsommerlichen dreißig Grad eine abwechslungsreiche, streckenweise auch anstrengende Radtour hinter sich: von Koblenz aus linksrheinisch rheinaufwärts nach St. Goar, dann bergauf zu den Hunsrückhöhen bis nach Pfalzfeld und von dort entlang des Schinderhannes-Radwegs bis zum heutigen Reiseziel nahe Simmern. Am späten Nachmittag haben sie in dem Dorfgasthof Zimmer bezogen und ausgiebig geduscht. Nun freuen sie sich auf ein kühles Bier und ein deftiges Hunsrücker Abendbrot.

„Nein", sagt Leo, „aber wir sind in einen Streit hineingeraten, fürchte ich."

Ohne sich in das Gezänk der *Stammtischbrüder* eingeschaltet zu haben, schießen von dort Giftpfeile herüber. Offensichtlich kommt es den Dorfburschen zupass, dass die beiden Fremden neugierig zu ihnen herüber geschaut haben. So können sie von sich selbst und ihrem unversöhnlichen Dorfstreit ablenken. Zwei nicht gesuchte, aber gern gefundene Blitzableiter scheinen sich anzubieten.

„Was glotzt Ihr denn so blöd?", grunzt ein grobschlächtiger Kerl mit mächtigem Bierbauch.

„Nicht reagieren", flüstert Leo Horst zu, der gerade zu einem Konter ansetzen will.

„Was gibt`s da zu flüstern?", fiept ein Kleinwüchsiger.

Horst grinst Leo an, als wolle er sagen: Dick und Doof. Dieses Grinsen bringt den Dicken nun vollends in Rage: „Ihr gottverdammten Arschlöcher!", hebt er an, wird aber, als er aufstehen und offensichtlich auf die Fremden zugehen will, unversehens von der Wirtsfrau in die Schranken verwiesen:

„Du hältst jetzt sofort die Klappe Hannes oder ich erteile dir für ´ne Woche Hausverbot. Haben wir uns verstanden!"

Und in Richtung der Gäste beschwichtigt sie: „Sehen Sie`s Ihnen nach, meine Herrn! Eigentlich sind die Jungs ganz in Ordnung. Aber die anstehende Gemeinderatswahl macht viele hier im Ort arg nervös."

„Ist schon okay, Frau Müller", antwortet Horst, „wir können uns schon recht gut selbst verteidigen."

„Oho!", kommt es vielstimmig vom Stammtisch zurück.

Zwei Halbwüchsige mit rötlichem Babyflaum, augenscheinlich Zwillinge, zeigen verpartnerte Stinkefinger. Ein dauergrinsender Lulatsch rülpst, nachdem er den Humpen mit einem riesigen Schluck geleert hat, frech in Richtung der fremden Gäste.

Da schraubt sich der Hüne Horst aus dem Stuhl und schiebt durchtrainierte neunzig Kilo auf den Stammtisch zu, wo der Aufruhr sogleich abebbt. Leo schmunzelt dem Freund hinterher. Horst stützt sich an der Kante des Stammtischs ab, lässt den Blick kreisen und fixiert die fünf Halbstarken nacheinander. Mit der linken Pranke zieht er das in der Tischmitte aufgespießte Dorfwappen aus dem Sockel heraus und steckt es in den Bierkrug des großmäuligen Dicken. Dessen feistes Gesicht mit den Schweinsäuglein läuft rot an. Doch er scheint die Stimme verloren zu haben.

„Noch Fragen?", blafft Horst in die Runde. Fünf Augenpaare gehen nach unten. Er wendet sich ab und sucht die Toilette auf.

„Eine Runde für den Stammtisch, Frau Müller", bestellt Leo lachend und prostet den glorarmen Fünf zu, die reflexartig die Gläser heben.

„Eigentlich sind die Jungs ganz in Ordnung", feixt er in Richtung der Wirtin. Die lächelt, während sie die Hunsrücker Schlachtplatte serviert – übrigens das einzige Angebot, weshalb sich eine Speisekarte erübrigt: gebratene frische Blut- und Leberwurst, Wellfleisch, dazu Sauerkraut und Kartoffelpüree.

„Na denn", grinst Horst, der wieder zurück ist, und prostet dem Stammtisch zu. Dann macht er sich über das deftige Gericht her, als gäbe es kein Morgen. Auch Kumpel Leo *isst wie ein Scheunendrescher.*

ჯ

Welche Erinnerungen an fremde Gäste, die im Dorf aufgetaucht sind, habt ihr?
In der Gruppe fühlen manche sich stark, oder?

Es geht es um die Art und Weise, wie man isst.
Der zentrale zweigliedrige Begriff kommt nur in der gesuchten Redensart vor.
Der Begriff besteht aus zwei zweisilbigen Hauptwörtern.
Das Kopfwort nennt landwirtschaftliche Speichergebäude.
Das Endwort bezeichnet eine männliche Person, die drischt.
Die Botschaft lautet: Jemand verspeist unmäßig viel.
wie ein Scheunendrescher essen

Gesucht wird ein Mensch, der als ungeschickt und unbeholfen wahrgenommen wird. Man denke z.B. an Karl Valentin.
Man nennt ihn scherzhaft auch „Bohnenstange".
Es ist ein hochaufgeschossener, dünner, schmaler, und schlaksiger [junger] Mann.
Lulatsch.

Im Mittelpunkt der gesuchten Redensart steht ein wenig angesehener handwerklicher Beruf.
Wir haben es mit einer Art Kupferschmied zu tun, der zu dem sogenannten fahrenden Volk gehört und – oft unflätig – schreiend von Haus zu Haus zieht.
Eingesammelte kaputte Töpfe und Pfannen bereitet er wieder auf.
Diese Arbeit ist in dem zweigliedrigen Begriff des Berufs zu erkennen, um den es in der Redensart geht.
Gemäß der gesuchten Redensart kriegen sich Streithälse lauthals und ausfällig in die Haare.
wie die Kesselflicker streiten

Ein eingespieltes Team

„Wenn es nach dir ginge, bestünde die Küche aus einer Tiefkühltruhe und einer Mikrowelle", frotzelt Lydia. Da klingelt es und sie marschiert ab Richtung Flur.

Jakob ruft ihr hinterher: „Eine Spülmaschine sollte es schon auch noch sein!"

Er weiß, dass das Telefonat mit ihrer Schwester, das jeden Morgen um dieselbe Zeit stattfindet, dauern wird.

Er denkt über Lydias Philippika nach. Die morgendliche Zubereitung der Eier ist Chefsache. Nur er kennt das Geheimrezept für die nötige „Flockigkeit", wie er die spezielle Note nennt, die er dem Rührei verleiht. Und auch die Bedienung des Toasters gelingt nur ihm. *Da beißt die Maus keinen Faden ab.* Als Aufback-Profi lässt er weder Lydia noch Bernd oder Edith oder eines der Enkelkinder an das Küchengerät – wenn sie denn mal zu Besuch kommen, was selten genug der Fall ist. Und seine Spaghetti Bolognese haben allemal einen guten Ruf, insbesondere bei den Enkeln. Wenngleich, stimmt schon, nur dann, wenn Lydia die Vorarbeiten geleistet hat. Insgesamt, das muss er sich zähneknirschend eingestehen, schätzt sie seine Kochkünste nicht so ganz falsch ein. Aber er wird einen Teufel tun, das ihr gegenüber einzugestehen. Den Triumph in den Augen seiner Frau, den kann er sich lebhaft ausmalen – und gerne darauf verzichten.

„Oh! Ist was passiert?", grummelt Jakob und die Brauen wandern nach oben. „Dass euch der Gesprächsstoff ausgegangen ist, das glaub ich nun wirklich nicht. *Nesthäkchen* Elisabeth ist doch die *Plaudertasche* schlechthin."

„Gib dir keine Mühe, witzig zu sein, Jakob, sagt Lydia, „in dem Fach warst du noch nie gut."

„Also doch was Ernstes", heuchelt er Interesse.

„Elisabeth kommt vorbei. Probleme mit Paul in der Schule. Dein Fachgebiet."

„Ich ahne es: Die Lehrer sind wieder mal schuld, oder?", stöhnt er.
Sie zuckt mit den Achseln.

Wenig später klingelt es.
„Die hat`s aber eilig", tönt er und legt die Tageszeitung beiseite.
Lydia eilt zur Haustür, öffnet und umarmt ihre Schwester.
„Hallo Jakob", flötet Elisabeth schon von weitem, schmeißt den Trenchcoat auf die Dielenablage und stolziert herein, als sei sie hier zuhause. Sie wirft sich in Lydias Sessel, schlägt die Beine übereinander, fährt sich theatralisch mit einer Hand durch die rotblonde Mähne und ruft: „Ich brauch ´nen Kaffee, Schwesterherz!"
„Ich auch", bläst Jakob in dasselbe Horn.
„Und?"
Er sucht den Blick der Schwägerin, die mit den Fingern auf die Armlehne trommelt.
„Scheiß Schule. Scheiß Pauker!", platzt es aus ihr heraus.
„Dachte ich mir", sagt er mit gespielter Anteilnahme. Elisabeth riecht den Braten und zieht mit dem Zeigefinger ein Augenlid herunter.
„Verarschen kann ich mich selbst, Jakob."
„Glaub ich dir", sagt er.

Da taucht seine Frau auf und serviert den Kaffee.
„Auch etwas Gebäck dazu?", fragt sie.
„Ich bitte dich, Lydia!", entrüstet sich Elisabeth und fixiert mit einem abschätzigen Blick die Wölbung unter der Küchenschürze ihrer ältesten Schwester.
„Ich schon, mein Schatz", frohlockt Jakob und streichelt seine üppige Bauchfalte.
Mit spitzen Fingern führt Elisabeth die Kaffeetasse zum Mund, räuspert sich, wirft sich in die Schultern und reiht drei Worte wie Legoklötzchen hintereinander:
„Paul droht sitzenzubleiben."
„Oh Gott!"

61

Mit geweiteten Augen hält Lydia die Hand vor den Mund. Nach einer Schrecksekunde sagt sie: „Tim und Isa haben uns so `ne Blamage Gott sei Dank erspart, Jakob."

Unter den Giftpfeilen der Schwester duckt sie sich weg.

„Toll! Wirklich toll, dein Mitgefühl", muss sie sich anhören.

„Entschuldige, ist mir so rausgerutscht, Elisabeth."

Die zieht ein Etui aus dem Handtäschchen und fingert eine Zigarette heraus, die sie nach Jakobs strengem Blick aber wieder versorgt.

„Wo hapert`s denn?", fragt Jakob.

„Deutsch und Mathe, wahrscheinlich jeweils ´ne Fünf", legt sie die Karten auf den Tisch.

„Die Fünf in Deutsch wundert mich nun wirklich nicht", legt Jakob los. Dein Sohn liest nicht, kein Wunder, dass er weder Rechtschreibung noch Zeichensetzung beherrscht, sein Ausdrucksvermögen ist unterirdisch, er ist mundfaul und für `nen sechzehnjährigen Gymnasiasten intellektuell, sagen wir mal, blass, na ja. Aber Mathe, ich dachte, da sei er ein Ass? ... Jedenfalls war das bislang deine Rede, Elisabeth."

„Dachte ich auch. Aber der Mathepauker kann anscheinend nichts erklären. Die Hälfte der Klasse steht bei dem auf ´ner Fünf."

„Kann nicht sein. Wenn mehr als ein Drittel einer Arbeit unter dem Strich ist, muss neu geschrieben werden", winkt Jakob ab.

„Wie dem auch sei", stammelt sie und schlägt nach einer Fliege, die es gewagt hat, auf der Sessellehne zu landen. „Was kann ich tun?"

„Nichts, Schwägerin. Nichts. Dein fauler Paul hat sich das selbst eingebrockt und nun muss er die Suppe auch selbst auslöffeln."

„Aber Jakob!", schaltet sich Lyda besorgt ein.

Er runzelt die Stirn, streckt das Kinn nach vorne und sagt:

„Wenn dein verwöhnter Sohn endlich mal kapiert, dass Mami ihn nicht auf Teufel komm raus aus allem rausboxt, was er vermasselt hat, dann besteht Hoffnung auf Besserung. Aber nur dann, Elisabeth. Das predige ich dir seit Jahren."

„Was meint denn sein Vater zu dem Missgeschick?", fragt Lydia.

„Der lacht das weg. Er sei zweimal sitzengeblieben und heute erfolgreicher Geschäftsmann. Das werde sein Sohn auch schaffen. Ich solle mich nicht so anstellen."

„Toll", sagen Jakob und Lydia im Gleichklang.

„Gegen dieses ´Vorbild` hab ich keine Chance, oder?", kommt es ihr nun kleinlaut über die Lippen.

„So ist es."

Verständnisvoll nicken Schwester und Schwager.

Jakob steht auf und geht im Raum hin und her. Dann bleibt er vor Elisabeth stehen.

„Du bist sicher, dass Paul nicht noch `ne weitere Fünf oder gar Sechs zu erwarten hat?"

„Nach Auskunft des Klassenlehrers ist das so."

„Dann rate ich dir eines: Sprich mit dem Mathelehrer und bitte den Klassenlehrer, er möge sich für eine Nachprüfung am Ende der Sommerferien einsetzen. Dann muss dein Sohn sich aber die Ferien über auf den Hosenboden setzen und büffeln."

„Aber wir haben doch einen dreiwöchigen Surf-Urlaub für ihn gebucht", stottert Elisabeth.

„Der muss sprichwörtlich ins Wasser fallen", sagt Jakob grinsend.

෬

*Was, glaubt ihr, wird geschehen? Nachprüfung oder Surf-
Urlaub? Welche Erfahrung macht ihr mit euren Enkeln und deren
Schulbesuch?*

Es geht um ein jüngeres Familienmitglied.
Dieses Familienmitglied wird mit einem etwas verhätschelnden
Begriff bedacht.
Dieser zweigliedrige Begriff besteht aus einem einsilbigen und
dann einem zweisilbigen Hauptwort.
Das Kopfwort bezeichnet die Wohn- und Brutstätte von Vögeln.
Das Endwort nennt ein Metall- oder Kunststoff-Teil, an dem man
etwas aufhängt.
Das jüngste Kind in einer Familie nennt man das
Nesthäkchen.

Ein Fernsehabend bei Schmidts

„Welcher von den folgenden Sportlern ist kein Fußballer?", ertönt Günther Jauchs nach wie vor jugendliche Stimme aus dem Wohnzimmer:

„a. Kalle Riedle, b. Wolfgang Overath, c. Timo Boll, d. Manuel Neuer".

„Hast du gehört?", ruft Brunhilde, wie immer lauter als nötig.

„Ich bin doch nicht schwerhörig", bellt Bruno und streckt den Kopf zur Tür herein. „Dass du dich mal für Fußball interessiert!", grinst er.

„Eben nicht. Drum frage ich dich ja", grantelt seine bessere Hälfte und starrt weiterhin auf den Fernseher.

„Timo Boll, wer denn sonst?", wiehert ihr Gatte, als Jauchs Kandidatin, bar allen Fußballsachverstands, bei dieser 500-Euro-Frage den Publikumsjoker zieht. „Ist die doof!", legt er nach.

„Das hat doch nichts mit Intelligenz zu tun, wenn man nicht weiß, wer ein Fußballer ist und wer nicht!" Brunhilde schüttelt den Kopf. Bruno lässt sich, neugierig geworden, nun doch neben ihr auf dem Sofa nieder.

„Willst also doch mitgucken", sagt sie und hebt ihr Weinglas, um mit ihm anzustoßen. Klack macht es.

Er traut seinen Augen nicht und stellt das Bierglas entsetzt auf den Couchtisch.

„Kalle Riedle soll kein Fußballer sein? Diese Idioten beerdigen einen unserer besten Stürmer!", stottert er. „Ich brauch ´nen Schnaps!"

Der einstige Sportmoderator Günther Jauch rollt die Augen und fährt sich fahrig durchs Haar. Sein jungenhaftes Gesicht scheint im selben Moment zu altern. Am liebsten würde er sich jetzt wohl mit Opa Bruno einen genehmigen.

Die Kandidatin beobachtet den *Wer-wird-Millionär*-Fernsehmoderator mit Argusaugen und drückt kurz entschlossen auf die Taste „Timo Boll".

„Wie das?", entfährt es Jauch und sein Blick hellt sich auf.

„Bauchgefühl", sagt die Kandidatin, lehnt sich zurück und schlägt die Beine übereinander.

„Die Tussi kokettiert auch noch mit ihrem Unwissen", ärgert sich Bruno. Trotzdem stößt er mit seiner Frau an, der er Eierlikör aufgetischt hat. „Was ist die übrigens von Beruf?", raunzt er.

„Finanzbeamtin", antwortet Brunhilde.

„So sieht die auch aus", grunzt er.

„Wir haben ja keine Vorurteile, mein Bester", schmunzelt sie, richtet sich aber im selben Moment kerzengerade auf. Jauch hat gerade die Tausend-Euro-Frage aufgerufen:

„Wer hat *Die Blechtrommel* geschrieben: a. Johann Wolfgang von Goethe, b. Günther Grass, c. Tolkien, d. Ingeborg Bachmann?"

„Na, wenn die Tussi das nicht weiß, dann ..."

Brunhilde genehmigt sich einen tiefen Schluck Eierlikör. Bruno glotzt aus dem Fenster.

„Also, *Goethe* schließe ich aus. Der ist deutlich älter", denkt die Kandidatin laut nach. Jauch nickt.

Brunhilde beugt sich nach vorne, als wolle sie in den Fernseher hineinkriechen, und kippt den Rest Eierlikör in sich hinein.

„Tolkien? Nein. *Herr der Ring*e hab ich im Kino gesehen."

Brunhilde hält Bruno das Glas hin. Er geht zum Wandschrank, öffnet und füllt nach. Gönnerhaft serviert er ihr das randvolle Likörglas.

„Da empfiehlt sich das Streich-Verfahren", rät Jauch. Die Kandidatin ist mit ihrem Latein am Ende. Sie nickt.

Goethe und Ingeborg Bachmann fallen unter den Tisch, Günther Grass und Tolkien bleiben stehen.

„Logisch, Günther Grass", schnarrt sie. Jauch lehnt sich erschöpft zurück, Brundhilde nippt am Eierlikör und Bruno sitzt einfach nur da, neben seiner klugen Frau.

„Fernsehen kann bilden", säuselt sie und bettet den Kopf an seine Schulter.

Er genießt es und denkt sich: Schön, Brunhilde beim Rechthabenwollen zuzuschauen. Als er ihr eine graue Locke aus der Stirn bläst, beginnt sie zu schnarchen. Behutsam drückt er ihre Nasenflügel zusammen, Jauch weg und Sky an: *Mainz* 05 führt 1: 0 gegen *Bayern*. Und das in München. Was für ein Fernsehabend! Ein Windhauch streicht über das gekippte Fenster und bläst zwei vergilbte Blätter herein. Sie torkeln zu Boden, wo sie zerbrechlich raschelnd landen.

ᚬ

An welche Rate-Sendungen im Fernsehen erinnert ihr euch?

In der Sauna

Stürmischer Regen und fünfzehn Grad am Dienstag, dem dritten Dezember am frühen Nachmittag! Raus aus den Klamotten und rein in die Sauna.

„Meer hon uus schun geduuschd?", raunzt der Dicke, der sich im obersten Stockwerk räkelt.

„Na klar, heute Morgen. Aber nicht drei Mal am Tag!", sage ich.

„Dat steht nit uffem Buggel geschrieb", legt er nach.

„Drum sag ich`s ja", entgegne ich lachend und breite mein Handtuch aus. Dann bringe ich die Sanduhr in Stellung und harre der Dinge. Doch da kommt nichts mehr. Als Adler gestartet und als gerupfter Hahn auf dem schweißgetränkten Tuch gelandet. Mürrisch trottet er wenig später hinaus, duscht und verschanzt sich dann auf einer Liege hinter Kopfhörern.

Nach zwei weiteren Saunagängen packe ich, frisch geduscht und eingecremt, meine sieben Sachen. Der Dicke schwitzt, sitzend alleine in der Sauna, die Arme auf den Beinen abgestützt, den Quadratschädel zwischen beiden Pranken. Freundlich nicke ich und rufe: „Und tschüss!"

Er glotzt mich aus geweiteten Schweinsäuglein an. Kein neues Opfer ist in Sicht.

Beim Hinausgehen kann ich gerade noch dem aus allen Poren schwitzenden Muskelpaket mit dem Wuschelkopf ausweichen. Der trainiert dienstags immer wie wild auf dem Stepper, bevor er in die Sauna geht. Und der duscht vorher nie. Das kann ja heiter werden, schmunzle ich in mich hinein.

Berufe im Spiegel der Meinungen

Politiker sind unbeliebt, aber notwendig, das ist sonnenklar.
Schlagersternchen sind beliebt, aber verzichtbar, das ist … (wahr).

Fußballprofis aus aller Herren Länder verdienen sehr viel Geld.
Dabei ist sie doch so klein, ihre 105 mal 68-Meter- … (Welt).
Was ein trainingsfauler Bankdrücker pro Woche erhält,
dem fleißigen Platzwart im ganzen Jahr nicht in die Lohntüte …
(fällt).

Wer den Kindern in der Schule etwas beibringt, ist ein guter Lehrer.
Das ist gar nicht einfach, denn im Unterricht gibt es manche …
(Störer).
Lehrer Lämpel musste schon die beiden Jungs ertragen.
Max und Moritz schlugen ihm gehörig auf den … (Magen).
Denn wer böse Streiche macht,
gibt nicht auf den Lehrer … (acht).

Der Pfarrer von der Kanzel spricht.
Sein Wort, das hat fürwahr Ge … (wicht).
Die Konfirmanden aber schlafen ein.
Fragt sich nur: Wie kann das … (sein)?

Der Krankenpfleger ist ein wirklich guter Mann.
Er kümmert sich, soweit er`s kann, um jeder … (man).
Wer Schwester Rose Keller kennt,
der weiß: die ist zur Stelle, wenn es … (brennt).

Dann schlägt die Stunde der Feuerwehrmänner.
Im Nu sind sie vor Ort, nur Reporter sind oft … (schneller).
Die einen schuften und rackern bei Lebensgefahr,
die anderen berichten darüber – alles … (klar)?

SONDERLINGE

Er ist, wie er isst ...

Welch eine *Augenweide* lacht ihn an.
Krähenfüße kratzen später, irgendwann.
Ins Traumboot der Liebe flüchten Diebe.
Der *Ohrwurm* flunkert, dass es so bliebe.

Nasenflügel und *Schwanenhals* zittern sehr.
Laue *Lippenbekenntnisse* schwirren umher.
Vor der Kristallkugel hält er *Maulaffen* feil.
Auf die Zukunft *schwört* sie *Stein und Bein*.

Eine *Armbrust* steht gespannt *Gewehr bei Fuß*.
Wahrsagern Glauben schenken ist kein Muss.
Knecht Trübsal bläst zum Angriff aus Verdruss.
Vom Himmel gottlob fällt indes ein Regenguss.

Sie klimpert mit der Wimper.
Er ist und bleibt ein Stümper.
Die *Kinnlade* fällt ihm runter.
Doch sie bleibt trotzig munter.

Hühneraugen schmerzen,
erst recht der *Pferdekuss*.
Doris beginnt zu scherzen
und gibt ihm einen Kuss.

Der *Muskelkater* zwickt.
Der Rücken plagt ihn arg.
Jammernd ist er eingenickt.
Jetzt schnarcht er – stark.

Sie weckt ihn zu Kaffee und Kuchen.
Er schreckt empor, beginnt zu fluchen.
Da duften Leckereien wundersam.
Bei dieser Aussicht wird er zahm.

Voll des Lobes strahlt er Doris an:
„Dein Kuchen ist fürwahr ein Wunder."
„Ziehen wir also nun an einem Strang?"
„Klar, wir beide mögen keinen Plunder."

☙

Eine Jagdwaffe wird gesucht.
Der zweigliedrige Begriff besteht aus zwei einsilbigen Wörtern.
Diese Wörter nennen Körperteile.
Das Kopfwort nennt ein Körperglied an der rechten und linken
Schulter.
Das Endwort bezeichnet die vordere Seite des menschlichen
Rumpfs.
Mit der altbekannten Schusswaffe erschoss Wilhelm Tell den
Landvogt Geßler.
Armbrust

Gesucht wird die bildliche Bezeichnung für einen Teil des
Gesichts.
Der zweigliedrige Begriff besteht aus zwei Hauptwörtern, deren
Anfangsbuchstaben im Alphabet aufeinander folgen.
Das einsilbige Kopfwort nennt den halbrunden, nach vorn gewölb-
ten Teil unterhalb des Mundes.
Das zweisilbige Endwort bedeutet so viel wie Behältnis, Truhe.
Wir suchen ein bildliches Wort für Unterkiefer.
Kinnlade

Der Begriff aus dem Tierreich hat mehrere Bedeutungen.
Er ist zweigliedrig und besteht aus zwei zweisilbigen Hauptwörtern in der Mehrzahl.
Das Kopfwort ist ein dem Raben verwandter Vogel.
Dem Endwort ziehen wir Schuhe an.
Der Begriff nennt Hautfalten, die von den Augenwinkeln strahlenförmig seitwärts verlaufen.
Gemeint ist auch eine unleserliche, krakelige Handschrift.
Spitze Eisenstücke, die Reifen beschädigen, bezeichnet man ebenfalls als …
Krähenfüße

Was so gesagt wird, wird nie Wirklichkeit.
Der gesuchte zweigliedrige Begriff besteht aus einem zweisilbigen und einem dreisilbigen Hauptwort.
Das Kopfwort bezeichnet den fleischigen oberen und unteren Rand des Mundes.
Das Endwort meint, dass jemand für etwas eintritt.
Das äußert er mit Worten, denen aber keine Tat folgt.
Lippenbekenntnis

Wir suchen eine besondere Katzenart.
Der zweigliedrige Begriff besteht aus zwei zweisilbigen Hauptwörtern.
Das Kopfwort aus dem Lateinischen heißt eigentlich „Mäuschen".
Man sagt, der Sportler hat kräftige … „Muskeln".
Das Endwort ist eine männliche Katze.
Den nach körperlicher Anstrengung in den Beinen auftretenden Schmerz nennt man
Muskelkater.

Was wir suchen, gehört zum Gesicht.
Der zweigliedrige Begriff besteht aus zwei zweisilbigen Hauptwörtern.
Das Kopfwort ist das menschliche Geruchsorgan in der Mehrzahl.
Das Endwort ist mehrdeutig.
Unter anderem ist es das Körperteil, mit dessen Hilfe Vögel fliegen.
Die fleischige Außenwand der Nase nennt man
Nasenflügel.

Gesucht wird der Name für eine häufige Verletzung in Kontaktsportarten wie Fußball.
Der zweigliedrige Begriff erscheint in sich widersprüchlich.
Das Kopfwort nennt ein Reit- und Zugtier in der Mehrzahl.
Das Endwort nennt die Berührung der Lippen zweier Menschen.
Die von Hufen austretender Pferde ausgelöste Prellung war namensgebend.
Die umgangssprachliche Bezeichnung einer schmerzhaften Oberschenkelprellung lautet
Pferdekuss.

Gesucht wird ein mehrdeutiger zweigliedriger Begriff.
Das Kopfwort nennt einen Schwimmvogel.
Das Endwort nennt seinen auffallend langen Körperteil.
Mit dem gesuchten Begriff bezeichnet man auch bei anderen Tieren und selbst bei einer Frau diesen Körperteil, wenn er auffallend lang ist.
Im übertragenen Sinne nennt man den Rahmen eines Damenfahrrads seiner Form wegen ebenfalls … **Schwanenhals.**

In der Stadbücherei

Hinter dicken Brillengläsern schaut Mathilde –
sie war Lehrerin und alles, nur nicht milde –,
ob die Leute, denen sie den Eingang in ihr Heiligtum
gestattet, diesen Vorschuss an Vertrauen durch ihr Tun
verdienen und sich schweigend still auf leisen Sohlen
in der Welt der Bücher von des Alltags Trott erholen.

Mathilde, die am Eingang thront
und qualvoll ohne Ende schwitzt,
die ist`s wahrlich nicht gewohnt,
wenn jemand einfach nur da sitzt
und mit seinem Handy spielt, statt
in die Welt der Bücher einzutauchen.
Was bin ich dieser Leute Launen satt,
Kulturbanausen!, fängt sie an zu fauchen

Andre treiben`s noch viel schlimmer,
quatschen wie dereinst im Lehrerzimmer,
diese blöde Ziege, Kollegin Nina Flach,
die mit Sport als prominentem Fach
ihre Dauersonnenbräune mit des Staates Güte
aufrechtzuerhalten erfolgreich sich bemühte.

Doch zurück zu Simmerns nobler Geisteszone,
die ist, man sollte es betonen, nicht ganz ohne.
In den dicht gefüllten, staubigen Regalen
liegt, was mancher Autor unter Höllenqualen
seinem Phantasierausch mutig abgezwackt
und geistreich nächtlings zu Papier gebracht.
Staunend stehen Leute vor der stillen Bücherwand.
Mathilde freut`s. Sie denkt sich: Gott sei Dank.

Der Witwer Zahnarzt Doktor Hanfried Wilde,
der schüttelt sanft sein graumeliertes Haupt
und sagt charmant: „Gnädigste Mathilde,
Bildung ist für viele heute arg verstaubt.
Schön, wie Sie mit Weitblick und Geschick
dem Zeitgeist forsch die Zähne zeigen,
ja ohne Wenn und Aber standhaft bleiben."

Da tappen Hinz und Kunz total entnervt nach draußen.
„Dääne Mist dääde se bessa driewe im Museum bungere,
statt da Leyd, verdammd noch mol, watt voorseflungere."
Mathilde und Herr Wilde wenden sich ab mit Grausen.

☙

„Den Mist, den sollte man im Museum bunkern,
statt den Besuchern dreist was vorzuflunkern."

In den fünfziger und sechziger Jahren gab es in vielen Orten klei-
ne Dorfbibliotheken. Erinnert ihr euch?
Heute werden ausrangierte Telefonzellen mit Ausleihbüchern
bestückt.

Das Steckenpferd

Der werte Erhardt Heinz, der ist so frei,
in Reime zu fassen die eigene Liebelei:
Für jeden gibt es was von Wert,
für das er lebt und eifrig streitet,
ein jeder hat sein *Steckenpferd*,
auf dem er oft und gerne reitet.

Onkel Olaf Listig ist dafür bekannt:
Stets gerät er außer Rand und Band,
wenn er wortgewandt mit ´ner Geschichte
aus dem Märchenreich der Phantasie
Freunde und Verwandte, ja auch die,
am Nasenring hinter die bekannte Fichte
führen kann, wo sie in den Spiegel schauen.
Die Bilder muss man erst einmal verdauen!
Listig hofft, er ist und bleibt ein Optimist,
dass so die Welt ein wenig zu verbessern ist.

Ein Hobby hat ein jeder, diese frohe Kunde
streut er in der Stammtischbrüder-Runde.
Münzen sammelt Bruno im besonderen Fach.
Bei Zigarettenschachteln zeigt sich Jakob schwach.
Knöllchen sind, ich geb`s ja zu, der besondere Clou,
die summieren sich auf meinem Konto immerzu.

Rauchen und wie Dean mit Vollgas rasen,
waren schrille Späße von gestern,
sagen neunmal kluge Schwestern.
Ihre Einsicht freut uns über alle Maßen.

Wie dem auch sei, auch du landest unter einem Rasen,
wann und wo auch immer, sagt ihm Ernst von Klasen.

Unser Olaf Listig, wird er wirklich zu ´nem Spießer?
Denke nur an unseren lieben Freund, den Dieter!
Heute liest er unter Obhut von Mathilde brav,
was die so mag und er dank ihrer Milde darf.
Statt Doppelkopf und Poker gibt es Mensch und Mühle.
Hast du sie je gewollt, Freund Listig, diese öden Spiele?

Der schleicht und denkt sich: Ich hab`s verbockt.
Hab mich verhoben, hab mich leider arg verzockt.
Marken sammeln, damit fang ich wieder an.
Im Kellerloch, da sind sie noch. Na dann.

Welche ausgefallenen Steckenpferde hattet ihr?

Vor Gericht

Angeklagter, sag er`s ganz genau:
Wie es kam, dass er der eigenen Frau
brutal die Nase hat zertrümmert?
Herr Richter, ich bin bekümmert.

Auf einmal hab ich rot geseh`n,
das war wirklich gar nicht schön.
Gehen ließ ich mich am Abend beim Bier.
In den Hintern beißen könnt ich mir dafür.

Sie ist mir aber, ich sag`s ja nur,
übers Maul gefahren und war stur.
Hören Sie selbst, Herr Richter.
Mit Verlaub, ich bin kein Dichter.

„Ein Hektor, das sind hundert Ar."
„Frau, du meinst den Hektar, klar?"
„Den sucht die Biene auf der Wiese",
schnurrte sie wie Leos Katze Liese.
„Oh nein, den Nektar sucht die Biene,
du bist auf einer falschen Schiene."
„Der Nektar ist ein Fluss bei Heideldings."
Der Richter reibt sich an dem Kinn mit links.
„Nein, oh nein, der Neckar, Lisa mein,
das ist ein Nebenfluss vom Rhein."

Da muckte sie recht heftig auf,
schoss böse Pfeile auf mich drauf.
„Und der schiefe Turm von Pisa,
der blickt nun auf die Isa?",
schnatterte sie wie eine Gans drauflos.
Ich legte meine Hände in den Schoß.

„Du Besserwisser hältst dich für besonders schlau,
mir sagst du, ich hätte keine Ahnung, das sei mau.
Du Schwerenöter hast die geile Loreley am Rhein vor Augen,
Kriemhild und die Nibelungenweiber den Verstand dir rauben.
Der bärenstarke Siegfried aber und erst recht der stolze Hagen,
die haben sich nach ihrem Duett wie Gentlemen vertragen.“

Wie ein ungeheurer Wasserfall,
überkam mich dieser Worte Schwall.
Halbes Wissen ist heut angesagt,
da wird nicht lange nachgefragt.
Doch mir, das muss ich ehrlich sagen,
schlägt es immer heftig auf den Magen.
Er zuckt die Schultern, blickt zum Richter.
„Ich weiß, ich bin nun mal kein Dichter.“

„Leider war es ein Duell, mein Schatz,
und Sieger war der Hagen, ratzefatz.“
„War der am stärksten, der Killer von der Illa?“
„Nein, der stand zwar voll im Saft,
aber ohne die Info von der Hilda
hätte Siegfried ihn mit aller Kraft
ohne Zögern gnadenlos dahingerafft.“

Sie glotzt mich an und überlegt geniert:
„Die Illa und die Isa hast du ausradiert?“
Danach steht mir wahrlich nicht der Sinn.
„Iller, Lech, Isar, Inn
fließen rechts zur Donau hin.
Altmühl, Naab und Regen
kommen ihr von rechts entgegen.“

„Klugscheißer!", hat sie da gemotzt,
wie entgeistert habe ich sie angeklotzt.
Dann ist`s passiert. Nun gibt es Ärger,
je länger es dauert, umso stärker.

„Genug, genug, Sie armer Tropf,
ich fass` mich ehrlich an den Kopf!
Sie sind nun wirklich zu beklagen.
Ich will es ohne Umschweif sagen:
Bei Nektar hätte ich sie schon erschlagen."

ଔ

Frei nach H. Hohl

Besuch der alten Dame

„Seien Sie gegrüßt, gnädige Frau. Auch Ihnen wünsche ich hier und heute viel Spaß!"

Mit diesen Worten empfängt sie der Vorleser.

Die gepflegte alte Dame, die wackligen Schrittes als letzte in den Leseraum des Seniorenheims trippelt, hält für einen Moment inne, stutzt, um dann zu entgegnen:

„Na, das wollen wir mal abwarten!"

Sie schaut kurz zu ihm hin und lässt dann lauernd ihren Blick kreisen. Die Aufmerksamkeit des Publikums scheint ihr wichtig zu sein. Sie nimmt auf dem schwarz-glatten Ledersitz ihres Edelrollators Platz und ... starrt ins Leere.

Der Vorleser gibt den Titel der Kurzgeschichte preis: „Die Flötenspielerin".

Die Titelfigur schleicht sich in die Phantasien der Zuhörerinnen.

Da sticht ein Name in die Stille hinein.

„Dorothee Oberlinger, oder?"

Die Stirnfalten des Vorlesers ziehen sich zusammen. Bevor seine Lippen eine Antwort formen können, spielt sie sich zur Verwunderung aller erneut auf.

„Ich bin übrigens Frau Esther von Sternheim."

Ihre Zähne tragen Jacketkronen.

Sie fixiert ihn. Als er die Unterarme hebt und senkt, herrscht sie ihn an:

„Sie kommen also nicht von hier, habe ich Recht?"

„Doch, doch."

Doch erneut lässt sie ihm keine Zeit, noch etwas zu sagen .

„Dann müssen Sie mich kennen, zumindest meinen Namen!"

„Aha?"

„Was soll das ´Aha`! Ich bin Frau Diplomkaufmann Esther von Sternheim. Ich habe in Hamburg studiert. Zudem drei Auslandssemester in Chicago und London. Und Sie?"

„In Mainz."

„Na ja, wenigstens scheinen Sie studiert zu haben."

Er lächelt, löst die Augen von der alten Dame und schaut in die Runde der offenen Münder.

Die Zuhörerinnen sind wohl auch überrascht von dem unerwarteten Geplänkel vor der Lesung.

Der Vorleser malt sich das Vorspiel schön.

„War später noch zwei Semester an der Uni Freiburg eingeschrieben. Wollte Skifahren. Und Heidegger .... Sie wissen schon."

Ihrem Grinsen in die Runde hinein begegnen ... nichtssagende Blicke.

„Ungewöhnlich für diese Zeit, oder?", fragt der Vorleser. „Vielleicht aber auch wieder nicht, Frau von Sternheim. Wenn ich an Hannah Ahrendt denke."

Er versucht die mittlerweile angespannte Stimmung zu entschärfen. Wenngleich seine Augen bei den Worten „für diese Zeit" und „Heidegger" die der alten Dame fixieren.

„Aha, da glaubt sich jemand auszukennen!"

Sie schaut zu ihm hin und in die Runde.

„War allerdings einige Jahre vorher und in Marburg."

„Zwei zu eins für Sie", grinst der Vorleser.

„Wollte dann noch meinen Doktor machen, eine akademische Stufe höher klettern. Doch da haben meine Eltern mich in die Pflicht genommen. Notwendigerweise. Ihre Unternehmersicht eben. Dennoch ... Schade."

„Also letztlich doch ein erfülltes Berufsleben, wenn ich das mal so sagen darf, Frau Diplomkaufmann von Sternheim ohne Doktortitel. Trotz der geografischen Nähe von Frisch, von Matt und Dürr."

Sie ignoriert den ironischen Unterton. Sie überspielt, was sie mehr zu ahnen als zu wissen scheint.

„Sie dürfen. Was haben Sie übrigens beruflich getrieben, Herr …?"
„Teske, Frau von Sternheim, Teske heiße ich."
„Na und?"
„Ich war Lehrer."
„Lehrer mag ich nicht", knurrt sie. „Am Gymnasium hatten wir einen Oberstudienrat Doktor von und zu ..."
„Von Baumzipfel?", unterbricht er sie.
„Woher wissen Sie das?", entfährt es ihr.
„Als Schüler habe ich den ebenfalls erlebt."
„Sooo?"
Sie starrt den Vorleser an.
„Ja, als ich von der Realschule Kastellaun ..."
Die alte Dame unterbricht ihn mit einem abschätzigen Blick.
„… als ich von der Realschule in die siebte Klasse zum Gymnasium wechselte ..., da traf ich am ersten Schultag nach den Sommerferien als erstes im Foyer auf den Herrn Doktor von Baumzipfel. Ich fragte ihn in meiner mir wohl eigenen Blauäugigkeit ..."
„So, so, so, Herr – wie war noch Ihr Name?"
„ … ich fragte ihn also: `Herr Baumzipfel, wo ist denn der Klassenraum der 7b?´
Den Namen hatte mir jemand im Vorübergehen zugeflüstert.
`Dann kannst du ja gleich Peter Anton zu mir sagen.´
Und bei diesen Worten verpasste er mir eine Ohrfeige. Die hatte sich gewaschen."
„Zu Recht! Redlich verdient, Herr … Wie war noch der Name?"

Unruhe macht sich breit im Lesesaal.
„Meer wulle dey Stiggelscha heere, Leonhard, nit dat Geschwäzz."
Dankbar für die Brücke, die Marliese ihm gebaut hat, liest er "Die Flötenspielerin" vor.
Am Wochenende zuvor erst hat er die Episode geschrieben.
„Dat war `n schee Geschiecht, dat muss isch schun saan, oore?"
Sieben Gesichter nicken freudig, vierzehn Augen strahlen. Esther von schweigt.

Abrupt wendet sie sich dem Vorleser zu und grummelt.

„Warum halten mich hier alle für überheblich?"

Pause. Schweigen.

„Ich hätte schon gerne persönlichen Kontakt."

Etliche Brauen schießen nach oben.

Stille.

„Denke emool an die Fraa, die die Flööd gespield hodd!"

Bei diesen Worten tastet Marie die Augen der anderen ab und sucht die der alten Dame, recht ungeniert. Nach endlosen Sekunden wendet sie sich dem Vorleser zu.

„Dat honn isch aus deyna Geschiecht rousgehoord, Leonhard, oore?"

Alle nicken. Esther von Sternheim räuspert sich. Bleibt aber sitzen.

Dankbar nimmt der Vorleser Leonhard Teske Maries Lob an. Er nickt.

Da dreht Erna sich abrupt zu der Dame von Sternheim um.

„Hosd dou kä Kinn?"

Sie schüttelt den Kopf.

„Meer honn hie all Kinn. Isch honna via Stick. Un die Anna, uus Näsdhääksche, dat is Ärzdin woa. Is in Münche inna Klinik. Frauesache un so."

„Un mey Paul, dä ist Aanwald. Hodd selwa zwoo Kinna. Die lääwe in Kölle. Kumme kaum noch uff de Hunsrick. Schaad!"

Nicken in der Runde.

„Uuus Peda, dä is Sozialaaweda im Flüchtlingsheym in Ingellem. Escht ´n schwera Beruf."

„Kannsde stolz druff senn, Frieda."

Nahezu alle nicken.

Der Vorleser packt seine Manuskriptblätter zusammen, da gebietet ihm Eleonores Augenaufschlag, noch einen Moment zu warten.

„Isch honn en Voorschlaach, Frau Sternheim."

Die Angesprochene, gerade im Begriff aufzustehen, sinkt überrascht auf ihr schwarzes Lederpolster zurück.

„Dou vaziehlst uus äbbes von deyna Zeyd an da Unni, von friia un so, Esda, un dann gema sesamme ´n Kaffee dringe, oore?"
Alle nicken, auch Frau Ester von, die alte Dame.

Monate später, erneut liest Teske vor, fragt sie ihn:
„Warum machen Sie das?"
„Was?
„Ja, warum lesen Sie uns Alten Woche für Woche vor?"
Der Vorleser: „Darf ich Ihnen mit einer Gegenfrage antworten?"
Esther: „Bin gespannt."
Er: "Warum sind Sie fast immer dabei?"
Esther: „Danke für die Antwort."

„Die Flötenspielerin von Simmern", in: Gerd Tesch: Gestern ist heute – Ein Vorleser auf Entdeckungsreise im Altenheim. Kontrast Verlag Pfalzfeld, S. 9f.

Männer und Frauen

„Männer und Frauen sind wie Feuer und Wasser, oder?"
Lebenserfahrene Augen blicken den Vorleser aufmerksam an.
Siebzehn Frauen, zwei Männer.
Er macht eine Pause.
„Das merkt man beispielsweise an ihren unterschiedlichen Witzen."
Er macht erneut eine Pause.
„Beziehungsweise an den unterschiedlichen Reaktionen auf diese Witze, oder?"
Lebenserfahrene Köpfe nicken.
Der Vorleser macht eine Pause.
Dann legt er los.

„Fragt die Frau: Wo waren die Männer, als Gott die Vernunft erschuf?
Antwort: Auf der Tribüne des Fußballstadions. Wo denn sonst? In der Rechten den Bierkrug, in der Linken die Bratwurst. Senf auf dem Fan-Schal. Gedankenleer."
Publikumsreaktion: Die Frauen kichern, die beiden Männer gucken verdattert aus der Wäsche.
„Unterhalten sich drei Männer in ihrer Stammkneipe über die Geburtstagsgeschenke, die sie ihren Frauen gemacht haben.
Sagt der erste: Zehnerkarte fürs Probetraining im Fitness-Studio.
Sagen die beiden anderen: Für den Wink mit dem Zaunpfahl hat dich die Rosi dann eine Woche lang mit Schweigen bestraft, oder?
Sagt der erste: So ist es.
Sagt der zweite: Ging mir mit der Waage auch nicht besser.
Sagen die beiden anderen: Wer möchte schon d e n Ausschlag beim Wiegen sehen! Entsetzlich, oder? Da können wir Marlene verstehen.
Sagt der dritte: Ich hab`s mit dem Spiegel vermasselt. Kein Wort mehr seither. Sonst hat sie dauergequasselt.

Sagen die beiden anderen: Hättest uns mal vorher fragen sollen. Wir hätten dir abgeraten.

Sagt der dritte: Soso. Ihr beiden habt mich also bei Luise verraten?

Schütteln die beiden anderen die Köpfe.

Sagt der dritte: Heute Morgen hat sie in den Spiegel geschaut.

Die beiden anderen fragen:

Aha?

Sagt der dritte: Ich hab`s gesehen, hab gelauscht.

Er lauert. Keine Reaktion der anderen.

Da sagt der dritte: Da hat sie triumphiert: ´Den Anblick, den muss er, Gott sei`s gedankt, bis zum bitteren Ende ertragen!`"

Pause. Keiner kichert, keiner lacht.

Der Vorleser schaut in die Runde und an sich selbst herunter.

„Untrainiert, dick und abgelebt?", murmelt er.

Er blickt um sich.

Stille.

„Was sind wir doch für tolle Hechte, wir Schnappatmer, wir feisten Faltenkönige", kommt es ihm gequält über die Lippen.

Publikumsreaktion: Frauen und Männer nicken.

Pause.

Keiner scheint zu wissen, wie es weitergeht. Das Schweigen zerrt an den Nerven.

„Und der typische Männerwitz?"

Esther von Sternheim löst die Spannung auf.

„Fritzchen steht vor einem Spielautomaten und wirft einen Euro nach dem anderen hinein. Er stiert gebannt auf die Kugeln, er hat Dauerspaß.

Kommt eine Blondine und sagt …

„,Sag nichts!", sagt er, „sag nichts! Wo ich doch so schön am Gewinnen bin!`"

Publikumsreaktion: Männer schmunzeln, Frauen nicken.

„Man sieht, die Zeiten haben sich geändert", sagt der Vorleser. „Zum Abschluss lese ich Euch heute noch einmal etwas von Peter Johann Rottmann vor, den Vierzeiler

Guter Rat

Kräht det Hinkel vor dem Hahn
Unn die Fraa schwätzt vor dem Mann,
Dann geheert det Hinkel gerobbt
Unn der Fraa uff`s Maul gekloppt.

Ich freue mich, dass weder Hinkel noch Hahn lachen und dass einige von euch den Kopf schütteln."

Man erzählt Witze

Männer machen machtvoll Witze, Frauen hören zu.
Männer grinsen dümmlich, Frauen ödet`s an im Nu.
Männer lachen laut bei seichten Witzen,
hemmungslos, als hätten sie einen sitzen.

Frauen ist solch kindisches Gebaren peinlich.
Frauen haben schließlich Lustiges auf Lager.
Frauen lieben obendrein auch gute Schlager.
Dabei fließen Tränchen höchstwahrscheinlich.

Kennst du den schon? Die Frage täuscht er listig vor.
Nein, sagt sie beflissen, nun erzähl, ich bin ganz Ohr.
Blondinenwitze spult er ab und klopft sich prustend
auf die Schenkel. Ist das peinlich, stöhnt sie hustend.

Den Kopf darüber schütteln Frauen mit Verstand.
Den Spieß dreh`n sie herum und Mann steht an der Wand.
Herdentiere dann bedripst die Kurve kratzen.
Hochnotpeinlich zerbröseln ihre Fratzen.

Kinder machen gerne Witzchen.
Denkt an Nachbars Fritzchen.
Gewissensbisse sind geblieben:
Opfer sollten wir gefälligst lieben.

Gelobt sei der Erzähler, dem der Schalk im Nacken sitzt.
Gerne hört man zu, wenn er aus seinen Augen blitzt.
Bei Pointen strahlen einen Blicke funkelnd an.
Gescheites, humorvoll verpackt, erfreut uns dann.

Die Haare

Ohne Haare auf dem Kopf erblicken Kinderlein
aus aller Welt das Licht derselben und schreien.
Auch ihnen stehen später Haare oft zu Berge.
Im rauen Weltentreiben sind sie nämlich Zwerge.

Deshalb wachsen Menschen letzthin graue Haare.
Haare auf den Zähnen haben sie dann und ungewisse Jahre.
Da sie Haare haben lassen müssen, glänzt ihr Haupt
bald mit `ner Glatze. Poliert und frei von Staub,

landet von der Glatze kein Haar mehr in der Suppe.
Dann ist dem Glatzenträger alles wirklich schnuppe.
Keiner kann ihm mehr vom Kopf die Haare fressen,
an dem kein Haar mehr hängt, der Käse ist gegessen.

Drum kann ihm keiner mehr ein Härchen krümmen.
Das mag ihn haarklein trösten und gelassen stimmen.
Haare spalten fand er Haare sträubend immer schon.
Kein gutes Haar er ließ an diesem kleinkarierten Thron.

Um ein Haar hing an einem Haar nur dessen Reputation.
Seine Hohen Priester würden sich in die Haare kriegen
und mir nichts dir nichts ohne Frage in denselben liegen.
Die Haare raufte er sich – hätte er sie noch hienieden.

FESTTAGE

Ein Geschenk, das erfreut

„Was sollen wir den Alten denn nun schenken?
Was sie brauchen, glaube ich, das haben sie."
Klara sagt: „Nun, lasst uns das mal überdenken.
Entscheide bricht man nicht so einfach übers … (Knie).

Wenn alle, groß und klein, bei Oma sind zu Gast,
dann ist der Tisch in ihrer Küche allzu klein.
Ein Ausziehtisch, der könnt` die Lösung sein.
Was unnütz ist, ist Oma nämlich arg verhasst."

„Wir sollten sie dazu befragen", meint Enkel Jan,
„die diamantene Hochzeit steht ja nun mal an."
„Die haben`s nicht so mit Veränderungen",
vermutet Enkel Christian recht ungezwungen.

„Ein Ausziehtisch? Seid Ihr nicht bei Sinnen",
grantelt Oma Bertha. „Fangt nicht an zu spinnen.
Uff da Bettkant homma us imma ousgezoh.
Naumooriche Kroom kimmd nid in Froh."

Die Klatsche ist ein Wirkungstreffer, keine Frage!
Der Rat der Kinder trifft sich noch am selben … (Tage).
Und er kommt recht bald zu dem Ergebnis:
Ein jeder soll, soweit ihm das ist möglich,
seinen Beitrag in die Wundertüte stecken:
Ein Fotobuch wird Omas Neugier … (wecken).

Anders als der blöde Ausziehtisch, da ist man einig sich,
wird ein schmuckes Fotobuch, und das sei gar nicht peinlich,
Alle um den Tisch vereinen. Ja, da könnte Oma weinen.
Opa wird, da sind sich alle sicher, wortkarg dazu meinen:
„Anna, nou is awer gud."
Vielleicht packe ihn sogar der ... (Mut),
dass er Oma in die Arme nimmt, was sie kaum verwindet
und mit einem schroffen „Gustav!" unter ... (bindet).

Neben alten und auch neuen Bildern kann man`s lesen,
wie lustig beide, Oma sowie Opa, früher sind ge ... (wesen).
Mit ein bisschen Überlegung hat ein jeder was zu sagen:
„Was wir, und das zu offenbaren, wollen wir nun wagen,
was wir Euch beiden bisher immerzu verschwiegen haben,
das ist nun schwarz auf weiß aufs Blatt geschrieben, sozusagen.

Dazu das eine oder andere Foto, das darf nicht fehlen.
Wahrhaftig stolz, wir wollen`s nicht verhehlen,
sind eure Enkel: Else, Emil, Martha, Gerhard, Ernst und Ruth,
Christian, Emma, Robert, Helmut und Jan. Allen geht es ... (gut)."

Frei nach H. Hohl
Vorweg sammle ich Erfahrungen zu dem heiklen Thema „Geschen-
ke" ein.

Der Wunschring

Sie thront auf ihrem Rollatorsitz,
da schlägt er ein, der goldne Blitz.
Oma Frieda sticht er in die Augen.
So schön, sie kann´s kaum … (glauben)!
Der Ring des Juweliers von Karajan,
sein magischer Glanz, der hat`s ihr … (angetan).

Vorm Ausstellfenster dieser Einkaufsstraße,
da drückt sich Oma Frieda platt die … (Nase).
Die Arme auf dem Handgestänge,
süße Träume kommen in die … (Gänge).

Mit diesem Ring, wie teuer er auch sei,
Geldfragen waren ihm immer einer … (lei),
hätte Paul den Tag geschmückt,
sie lächelnd stolz be … (glückt).
Verwöhnt hat er sie rund um die Uhr,
er war gottlob zumeist ´ne Froh … (natur).

Die Sonne blinzelt von fern,
Enkel Johannes hat sie ... (gern).
Neunzig wird die Oma bald. Fein!
Er kauft den Ring. Der muss es … (sein).

„Mit neunzig keine Geschenke mehr!
Aber euren Besuch, den schätz ich … (sehr).“
Gleichwohl packt Oma Frieda eifrig aus.
Kommt aus dem Staunen kaum noch ... (raus).

Johannes` Blick beruhigt sie unverwandt.
Er legt ihr den goldnen Ring in die … (Hand).
Oma Friedas tränenfeuchte Augen
strahlen: Ist es denn zu … (glauben)?

Für immer jung

Das Lied spiele ich zunächst ein. Carel Gott singt es. Dann lese ich die Geschichte vor.

„Für immer jung". Mit strahlenden Gesichtern stimmen die Seniorinnen in den Refrain der quirligen Sängerin Emma ein. Der bunt geschmückte Weihnachtsbaum im Gemeinschaftsraum des Seniorenheims scheint sich vor der Band „Glücksschwein" zu verneigen. Als Siegerteam im Wettbewerb „Wir engagieren uns" geben die sechs Musiker ihr Bestes.

Sie sind eine der zahlreichen Schülergruppen des Hunsrück-Gymnasiums, die seit dem Sommer immer freitags nachmittags etwas mit den alten Menschen unternommen haben. Und heute, am dritten Advent, da findet die Preisverleihung statt. Die Sonne blinzelt durch die Schneeflöckchen, die vor den Fenstern tanzen. „Oh du fröhliche". Emma beginnt mit dem Reigen der Weihnachtslieder, auf den sich alle freuen. Gemeinsam mit den Schülern singen die Heimbewohner „Es ist ein Ros entsprungen", dann „Süßer die Glocken nie klingen" und zum Abschluss „Wir sagen euch an den lieben Advent".

Den zweiten Preis hat sich die Gruppe *Geht doch!* verdient. Mit einigen Heimbewohnerinnen haben sie den Weihnachtssketch *Schlafmütze* eingeübt und mit der Kamera verewigt. Die Vorhänge werden vor den Fenstern zugezogen und der Sketch wird auf einer Leinwand eingespielt. Vor allem die Schauspieler sind mächtig gespannt auf ihr Werk. Heute ist auch für sie Premiere.

In der Eröffnungsszene stehen drei Jugendliche im Flur und klopfen an die Tür mit dem Namensschild „Maria Schnabel". Ein Junge trägt einen größeren Gegenstand, den ein Tuch überdeckt. Die Tür geht auf und die Kamera folgt den dreien ins Wohnzimmer, wo die alte Dame soeben in ihren Ohrensessel sinkt. Die Kamera schwenkt zum Fernseher. Ein Kinderchor singt „Vom Himmel hoch, da komm ich her". Die beiden Mädchen schauen zu dem

Geburtstagskind hin und sagen lachend wie aus einem Mund: „Vom Himmel hoch kommt der nicht, liebe Oma Maria."

Ganz langsam lupft der Junge das Tuch und stellt einen Käfig auf die Kommode. Ein bunt gefiederter Papagei dreht den Kopf hin und her und krächzt „Schnabel, Schnabel, Schnabel". Oma Schnabel prustet vor Lachen: „Das ist ja mal `ne Überraschung."
In einer späteren Filmszene, die Wanduhr zeigt zwei Uhr an, schlurft sie im Nachthemd aus dem angrenzenden Schlafzimmer, blickt vergrätzt auf den Papagei, der „Schlafmütze, Schlafmütze, Schlafmütze" schreit, öffnet die verglaste Tür, packt kurzerhand den Käfig und stellt ihn mit den Worten „Du Nervensäge!" auf den Balkon.
In der Folgeszene trägt Oma Schnabel frühmorgens den Käfig wieder herein. Nächtlicher Regen hat dem Papagei gründlich zugesetzt. Im warmen Zimmer schüttelt er sich, dass es nur so spritzt. Zornig hüpft er auf der Stange hin und her. „Miststück, Miststück, Miststück", plappert er. Oma Schnabel droht ihm mit dem Finger und lacht ihn aus. „Nur wenn du nachts die Klappe hältst, erspare ich dir den Balkon", verkündet sie.

Den dritten Preis erhält die Schülergruppe *JudekoaH*. Gemeinsam mit den rüstigen Seniorinnen haben die Jugendlichen in den letzten Tagen den Gemeinschaftsraum festlich geschmückt. Die Bastelarbeiten, die in den Monaten zuvor mit viel Herzblut, Ideen und Geschick hergestellt worden sind, haben hier ihren Platz gefunden, Adventskalender, Weihnachtssterne, Figürchen aus Holz und Papier, Lametta. Nicht zuletzt verdankt der Christbaum seine glitzernde Pracht den fleißigen Händen der jungen und alten Künstler. Und allen schmecken die leckeren Plätzchen, selbstgebackene natürlich.
„Was heißt denn *Ju-Deko-aH*?" flüstert Gustav, der Seniorensprecher, Emma zu, die neben ihm sitzt. Mit einem bezaubernden Lächeln flüstert sie zurück: „Junge Dekoration im alten Heim."

CB

Gesucht wird ein mehrdeutiger Begriff, der aus einem einsilbigen und einem zweisilbigen Hauptwort besteht.

Das männliche Kopfwort bezeichnet einen (zumeist) nächtlichen Erholungszustand.

Das weibliche Endwort nennt eine Kopfbedeckung.

Der gesuchte Begriff bezeichnet eine in früherer Zeit im Bett getragene Kopfbedeckung.

Gemeint ist aber auch jemand, der viel und lange schläft: „Jetzt steht endlich auf, ihr -n!"

Abwertend bezeichnet der Begriff jemanden, der unaufmerksam, langsam, träge ist.

Die **Schlafmütze** hat erneut nichts davon mitgekriegt.

Das gewagte Johannes-Treffen

Eigentlich war es bloß eine *Schnapsidee,* geboren nach dem fünften Bier am *Stammtisch.* Doch Johannes Lustig und Johannes Vogel, die beiden Namensvettern, ansonsten weder verwandt noch verschwägert, setzen ihren spleenigen Einfall in die Tat um. Auf Facebook laden sie Männer mit Vornamen Johannes ein, die zwischen fünfundzwanzig und fünfunddreißig Jahre alt und Singles sind: zum Nikolaustag zweitausendzweiundzwanzig ab neunzehn Uhr nach Willmerod ins Gasthaus „Wilder Bock"; ebenso Frauen dieser Altersgruppe, die auf den Namen Johanna hören. Mit einer Einschränkung: Aus Platzgründen können höchstens fünfzig Personen teilnehmen. So glaubt das unternehmungslustige Gespann Vogel&Lustig sich abgesichert zu haben. Wer zuerst komme, male zuerst. Personalausweise seien die Eintrittskarten. Für Essen, Trinken und die Musikgruppe seien pro Person fünfzig Euro zu zahlen.

Der dreißigjährige Stammkneipen-Wirt Johannes Cäsar freut sich zwar auf ein gutes Geschäft, tritt aber auf die Euphorie-Bremse.

„Ob da mehr als zwanzig Leute in unser verschlafenes Hunsrück-Nest kommen? Ich hab da meine Zweifel. Die Kindernamen Johannes und Johanna waren damals doch eher selten, oder?"

„Abwarten und Tee trinken", lachen Lustig, die *Bohnenstange* mit den abstehenden Ohren, die seinem Namen alle Ehre machen, und der stiernackige, hakennasige Kumpel Vogel voller Vorfreude.

Gegen siebzehn Uhr bereits haben sich die beiden an dem herbeigesehnten Nikolaustag im „Wilden Bock" verabredet. Lustig fährt, von Emmelshausen kommend, Richtung Willmerod. Vogel reist aus Kastellaun an. Unfassbar, was beide in der Dezemberdämmerung dieses ereignisreichen Abends von weither schon sehen. Einem Weihnachtsstern gleich strahlen Lichterketten aus allen vier Straßenrichtungen, die zum Ort führen, Willmerod an. Auto reiht sich an Auto. Ein wildes Hupkonzert schallt aus der

Blechlawine durch die kalte Abendluft. Da setzt Schneefall ein, zunächst nur einige Flöckchen, doch recht bald schneit es heftig. Glücklicherweise kennen Lustig und Vogel Schleichwege, um abseits der geweißten Wagenkolonnen zum Gasthof zu gelangen. Dort stehen die Johannas und Johannes dieser Welt bereits Schlange. Durch den Hintereingang schlüpfen Vogel und Lustig unbemerkt hinein. Der Gastwirt hat für den Abend vorsorglich zusätzliches Bedienpersonal beschäftigt. Doch er steht, hilflos mit den Armen rudernd, hinter dem Tresen. Aus der Küche hört man geschäftiges Treiben, Stimmengewirr und Scheppern von Besteck und Geschirr. Noch ist die Einlasstür abgeschlossen.

„Und nun?", fragt er.

„Wir haben eine Obergrenze von fünfzig Gästen ausgegeben", sagt Lustig und kratzt sich hinter den Ohren, die rot angelaufen sind.

„Da sind mehr als hundert Joes im Anmarsch", entgegnet der Wirt. Willmerod platzt aus allen Nähten. Und bei der Kälte und dem Schneefall werden die uns die Bude einrennen."

„Wie viele Gäste schaffst du maximal?", fragt Vogel.

Cäsars Augen schweifen über die Tische, er überschlägt kurz, dann meint er:

„Sechzig, aber keinen mehr."

„Hast `nen Lautsprecher?", fragt Lustig.

„Ihr werdet`s nicht glauben. Den habe ich", überrascht er die beiden und greift unter die Theke. „Den hat der Feuerwehr-Horst gestern Abend nach `nem Einsatz hier liegen lassen."

„Apropos Feuerwehr. Die sollten wir rasch informieren. Die könnten mit Decken und Tee aushelfen. Viele müssen ja draußen bleiben", krächzt Vogel und benachrichtigt per Handy Horst. Der weiß, wie der Schneehase läuft, und gibt sogleich Gas. Bereits zehn Minuten später ertönt das *Martinshorn*.

Lustig öffnet das Fenster zum Hof hin und richtet den Lautsprecher auf die Warteschlange, die im dichten Schneegestöber bibbert.

„Liebe Gäste, seid herzlich willkommen!"

Vom Ende der Schlange her ertönt grölendes Gelächter. Pfiffe und Buh-Rufe legen einen dichten Geräuschteppich über Willmerod.

„Mit dem Ansturm konnte keiner rechnen. Habt bitte Verständnis! Wie angekündigt, können wir nur eine begrenzte Gästezahl bewirten."

Der Geräuschteppich wird dichter, das Gedrängel in der Schlange nimmt zu.

„Der Wirt hat zugesagt, dass wir sogar sechzig Personen unterbringen können", legt Lustig nach.

„Wie großzügig!", blökt jemand und erntet höhnisches Gelächter.

„Wir werden gleich im Wechsel Johannes, dann Johanna und wieder Johannes und so weiter hereinlassen. Haltet eure Personalausweise bereit! Alle, die nicht zum Zuge kommen, können sich auf unsere Feuerwehrleute verlassen. Die helfen mit Decken und heißem Tee. Ich bitte nochmals um euer Verständnis, liebe Namensgenossen!"

Erste Schneebälle klatschen gegen Lustigs Lautsprecher und segeln knapp an seinen Ohren vorbei. Er beeilt sich, das Fenster zu schließen.

Mit Vogel macht er sich auf, um den Eintritt zu organisieren. Jedem Johannes wird eine gelbe Ziffer auf den Handrücken gedruckt, jeder Johanna eine blaue. Das gelingt überraschend störungsfrei. Allerdings erfordert es einen wahren Kraftakt, nach dem sechzigsten Gast die Türe zu schließen.

Als man gegen Mitternacht aufbricht, zeigt der Wettergott Nachsicht. Er schließt seine Schleusen. Die Abreisenden wundern sich allerdings. Aus Willmerods Ortskern wummert es in einem fort.

Die *HZ* berichtet tagsdrauf, der überfallartige Schneesturm habe Wunder bewirkt. Die nicht zum Zuge gekommenen Gäste habe man nicht im Schnee stehen lassen. Kurzerhand habe Bürgermeister Rainer Steeg den Gemeindesaal freigegeben. Unter dem spontanen Motto „Willmerod heißt alle willkommen" habe man eine rauschende Party bis tief in die Nacht hinein abgefeiert. Viele hätten vereinbart, sich im nächsten Jahr in Willmerod wieder zum Nikolausfest zu treffen. Auch alle, die Johannes oder Johanna als Zweit- oder Drittnamen führten, seien herzlich eingeladen.

Am Stammtisch brummt Lustig tags darauf : „Ohne mich."
Vogel nickt und mäkelt: *„Trittbrettfahrer"*.
Johannes Cäsar, der gerade mit randvollen Bierkrügen anrückt, lacht: „Egal. Ich werde das Catering besorgen. Super Verdienst in der Vorweihnachtszeit und das ohne allzu großen Aufwand."
„Verräter!", zischen Segelohr-Lustig und Hakennase-Vogel.

$\mathcal{CB}$

Die gesuchte Redewendung besteht aus vier Wörtern: aus zwei Tätigkeitswörtern, einem Gegenstandswort und dem Wörtchen „und".
Die Redewendung rät dazu, ein heißes Getränk von meist goldbrauner bis dunkelbrauner Farbe zu trinken.
Von vorschneller Entscheidung wird abgeraten.
Der lebenskluge Rat lautet: Gedulde dich!
abwarten und Tee trinken

Wir suchen eine große männliche Person.
Das gesuchte zweigliedrige Wort ist mehrdeutig.
Das zweisilbige Kopfwort bezeichnet eine als Gemüse verwendete Gartenfrucht.
Das zweisilbige Endwort bezeichnet ein in den Boden gestecktes Holzstück.
An diesem Holzstück ragt die Pflanze in die Höhe, in deren Hülsen die Frucht sitzt.
Wir suchen einen hochaufgeschossenen hageren Menschen.

Den nennt man mit einem anderen als dem gesuchten Wort umgangssprachlich „Lulatsch".
Bohnenstange

Manchmal hat man nicht gerade vom Verstand gesegnete Gedanken.
Der zweigliedrige Begriff, den wir suchen, meint genau diesen Sachverhalt.
Das einsilbige Kopfwort ist ein hochprozentiger Branntwein.
Das zweisilbige Endwort bezeichnet einen Einfall, eine Vorstellung.
Der gesuchte Begriff meint einen verrückten Einfall.
Schnapsidee

Wir suchen eine egoistische Person.
Der gesuchte männliche Begriff besteht aus drei Hauptwörtern.
Das einsilbige Kopfwort meint gleichmäßiges Gehen.
Das einsilbige Mittelwort bezeichnet ein flaches Holzstück, das aus einem Baumstamm herausgeschnitten ist.
Kopf- und Mittelwort zusammen bezeichnen eine Stufe vor der Tür eines Zuges. Diese Stufe erleichtert das Ein- und Aussteigen.
Das zweisilbige Endwort nennt die Person, die ein Verkehrsmittel steuert.
Wir suchen jemanden, der aus den Anstrengungen anderer Vorteile zieht, ohne selbst etwas dafür zu tun.
Die Gewerkschaft hat beispielsweise Tariferhöhungen erstreikt, von denen auch Streikbrecher profitieren.
Trittbrettfahrer

Zaungäste am Heiligen Abend

„Neugierig bin ich allemal", zwitschert das Rotkehlchen Frauchen zu.

„Ist mir nicht verborgen geblieben", zwitschert es zurück.

„Aber heute bin auch ich neugierig. Denn heute feiern die Menschen den Heiligen Abend."

„Komisch. Nennen sie ihn immer noch so? Sie gehen doch kaum noch in die Kirche", zwitschert Rotkehlchen-Männchen.

„Sie sollten ihn Geschenke-Abend taufen."

„Um so neugieriger bin ich, was sie so an diesem Abend treiben. Lass uns losfliegen!", drängt Frauchen. Die Dämmerung kriecht bereits heran.

Zunächst landen sie in einem luftigen Vogelhäuschen. Das haben die Bewohner auf ihrem Balkon aufgestellt. Die beiden picken einige Haferflocken auf, dann rücken sie auf Federfühlung zusammen, um sich zu wärmen. Sie staunen nicht schlecht. Drinnen spielt ein Mädchen „Stille Nacht, Heilige Nacht". Zwei jüngere Brüder, Vater und Mutter, Oma und Opa, alle im Sonntagsstaat, stehen um ein weißes Klavier herum, halten sich an den Händen und singen aus vollem Herzen. Die Gesichter strahlen wie die Wachskerzen des Weihnachtsbaums im Hintergrund.

Unsere beiden putzigen Rotkehlchen steuern den nächsten Balkon an. Hier müssen sie mit der kalten Brüstung Vorlieb nehmen und aufpassen, dass sie nicht anfrieren. Ein junger Mann im zerschlissenen Trainingsanzug starrt auf den Bildschirm und ballert sich mit seiner Spielfigur durch eine feindliche Welt aberwitziger Roboter. Mit Weihnachten hat der Einsame vor dem Computer nichts am Hut. Kein Tannenbaum, keine Kerzen, nichts.

Kopfschüttelnd fliegen unsere Zaungäste weiter, zu einem festlichen Ort. Ein schmucker Weihnachtsbaum mit einer Lichterkette bietet ihnen auf der Terrasse eines geweißten Bungalows Sitzplätze an. Drinnen wird das riesige, hell erleuchtete Wohnzimmer zur Bühne. Kinder führen ein Krippenspiel auf. Eltern und Großeltern sitzen im Kreis um sie herum und freuen sich, als Josef und Maria das Christuskind behutsam auf das Stroh betten. Da öffnet sich eine Seitentür. Caspar, Melchior und Balthasar, die drei Weisen aus dem Morgenland, halten Einzug, in prächtige Pelzmäntel gehüllt. Unsere heimlichen Besucher klatschen mit freudigem Flügelschlag Beifall. Dann verabschieden sie sich.

Ein leuchtendes Rentier aus Draht lockt sie zu einer anderen Terrasse. Sie sehen zwei Pärchen, die links und rechts auf Sofas mehr liegen als sitzen und auf einen Fernseher glotzen. Der ist beidseitig von weißen Kunststoff-Weihnachtsbäumen mit elektrischen Leuchtkerzen umstanden. Künstlicher Schnee rieselt in einem fort herab. Auf dem Bildschirm versucht Heinz Becker gerade mit viel Ungeschick und derben Sprüchen den Tannenbaum in der Stube aufzurichten. Die beiden Pärchen prosten einander zu und kommen aus dem Lachen nicht mehr heraus, als Heinz Beckers Frau Hilde der Baum zum zweiten Mal vor die Füße fällt.

Zwitschernd ziehen unsere putzigen Vögel weiter und lassen sich auf dem Geweih eines leuchtenden Drahthirschs nieder. Ihre Blicke gelten dem *Frechdachs*, der auf dem Boden des Wohnzimmers in einem Meer bunter Legosteine schwimmt und lustvoll Geschenkpapiere in Stücke reißt. Das scheint die Eltern nicht zu stören. Die beiden Frauen daddeln auf ihren Smartphones herum, jede für sich. Erst als ihr Dackel ohne Vorwarnung kläffend den üppig behängten Tannenbaum umreißt, springen sie auf und beeilen sich, die brennenden Wachskerzen zu löschen, bevor Schlimmeres passiert. Der Kleine klatscht wie irre mit den Patschhändchen.

Nun starten unsere Rotkehlchen zu einem letzten Ausflug. Es wird ihnen zu kalt. Auf einem winzigen Balkon hoch oben in einem schmalen Haus, dessen Außenputz abblättert, lassen sie sich nieder. Ein alter Mann sitzt im Ohrensessel und hat den Fernseher laut aufgedreht. Er hört anscheinend nicht mehr gut. Offensichtlich funktioniert die Heizung nicht richtig. Er hat sich wie eine Zwiebel in mehrere Schichten abgetragener Wollpullover gekleidet und zwei Decken über die Beine gelegt. Hinter seinem Rücken lugt eine Wärmflasche heraus. Die Füße des alten Mannes stehen in einem Behälter mit warmem Wasser. Genüsslich zieht er an der Pfeife und schaut den Rauchwölkchen hinterher, die zur Decke steigen. Eine Christmette flimmert über den Bildschirm. Mit mächtigem Satz katapultiert sich urplötzlich ein schwarzer Kater, der unter dem schlichten Weihnachtsbaum gedöst hat, auf den Schoß des alten Mannes. Der streicht ihm lächelnd über das glatte Fell.

Unseren beiden Zaungästen hat der *Stubentiger* allerdings einen gehörigen Schreck eingejagt. Wie von der Tarantel gestochen heben sie ab und fliegen zu ihrem Schlafplatz.

Unterwegs zwitschert Frauchen: „Das Krippenspiel der Kinder war sooo schön."

Das Männchen zwinkert ihr zu: „Aber auch der alte Mann, trotz des Katers!"

CB

Kommen euch einige der erzählten Schnappschüsse zu Heilig Abend bekannt vor?

Wir suchen ein Haustier.
Der gesuchte männliche Begriff besteht aus zwei zweisilbigen Hauptwörtern.
Das Kopfwort ist ein veralteter Begriff für Wohnräume.
Das Endwort nennt eine Großkatze, die keine natürlichen Feinde hat.
Scherzhaft nennt man eine Katze auch
Stubentiger

Oft bin ich aus Metall gegossen.
Mit mir und meinen Artgenossen
grenzt man ein Grundstück ein.
So zeigt man andern: Das ist mein.
Um einen bunten Garten einzuhegen,
bin ich aus Holz, der Optik wegen.
Zaun

Eingeladen hat man mich
Erwartet habe ich das nicht.
Ich bin ein seltener,
deshalb bin ich ein
gerngesehener und
willkommener
Gast

Ich bin nicht eingeladen.
Ich schaue zu von fern.
Das mach ich liebend gern,
ohne bezahlt zu haben.
Zaungast

Quasselstrippen

Schweigen kann Kraft kosten. Geduldig muss man sein. Vielleicht erwischt man eine Atempause des Dauerredners.

„Sind Zwischenfragen gestattet?"

Kaum merklich zuckt die Quasselstrippe mit den Augenlidern. Offensichtlich nicht. Ihr Redefluss fließt ungehemmt weiter.

Politiker gieren geradezu nach einem Mikrophon. Haben sie es, geben sie es nicht mehr her. Ohne Unterlass laden sie sprachlichen Sperrmüll ab, gerne in Talkshows. Dauergeplapper, ohne etwas zu sagen zu haben.

Politische Strippenzieher hingegen hätten etwas zu sagen. Sie tun es aber nicht. Schattenhaft schlängeln sie sich durch die Irrgärten der Politik. Gelegentlich erwischt mal ein Journalist einen am Rockzipfel. Sofort schlüpft er chamäleongleich in die Haut seines Zwillings, der politischen Quasselstrippe: Mit Worthülsen werden Nebelkerzen angezündet, um Interessen zu verschleiern.

Eigentlich brauchen Quasselstrippen Zuhörer nur als Attrappen. Denken Sie an Ihren Friseur!

Bevor er loslegt, hebt mein Friseur die Schere hoch, seinen Taktstock. Ein Moment der Stille. Dann fragt er in den Spiegel hinein: „Wo war ich stehen geblieben?"

Ich zucke mit den Achseln. Hätte ich mir sparen können. Seine Frage ist nicht an mich gerichtet.

„Ach so!"

Ein Lächeln huscht ihm übers Gesicht. Er hat den Faden wieder gefunden, den er bei meinem Vorgänger auf dem Stuhl gekappt hatte.

„Ich sag`s ja immer. Die Münchner Bayern, die ruinieren die ganze Bundeliga. Denken Sie mal an früher ..."

Das werde ich schön bleiben lassen, denke ich und gehe meinen Gedanken nach, während er schnippelt und redet und schnippelt und redet und schnippelt und redet. Ich dämmere weg. ...

Brummend kreist eine Hummel über mir. Ich liege auf einer Wiese und blinzle in warme Sonnenstrahlen. ... Da werde ich unsanft aus dem schönen Traum gerissen. Der Friseur räuspert sich und hält den Spiegel hinter meinen Kopf. Ich schrecke auf und stammle: „In Ordnung."

„Schön, dass wir uns mal wieder so gut unterhalten haben", kommt es ihm an der Kasse beiläufig über die Lippen. Ich zahle und lege trotz der Zwangsbeschallung noch was drauf.

Sein nächstes Opfer hat schon auf dem Feuerstuhl Platz genommen.

Erschöpft lasse ich die Tür des Salons hinter mir ins Schloss fallen. Und lande in der Fußgängerzone. Drinnen war es zu warm, hier draußen ist es zu kalt. Aus Lautsprechern werde ich mit Weihnachtsliedern zugedröhnt. Kaum auszuhalten. Bibbernd quäle ich mich durch den zähen Strom Kaufwütiger und freue mich auf die Sauna im Fitnessclub.

Als ich dort eintreffe, kriecht die Dämmerung heran. Niemand im Ruheraum. Hoffnung keimt auf. Ich schäle mich aus den Klamotten, dusche und strecke mich Sekunden später auf der Holzpritsche aus. Wärme und Stille genieße ich. Fünf lange Minuten, immerhin. Dann das. Oh je, der hat mir gerade noch gefehlt! Die Tür geht auf.

„Hallo. Schön, Sie mal wieder zu treffen."

Schön beschissen, denke ich, treffen trifft`s. Aber ich mache gute Miene zum bösen Spiel, dem lästigen Gequassel, das mich nun erwartet. Gequält dehne ich die müden Glieder. Das hätte ich mal besser unterlassen. Für den Sauna-Nachbarn, der sich mir gegenüber breitmacht, ist die Übung ein willkommener Redeanlass.

„In der Wärme dehnt sich`s besser, oder?", sagt er, fragt er, was auch immer.

Ich ziehe es vor zu nicken, statt verbal zu antworten, und hülle mich in Schweigen. Er grummelt etwas vor sich hin. Ist wohl eingeschnappt, dass ich so zugeknöpft bin. Gut, dass ich das nur gedacht und nicht gesagt habe. Zugeknöpft in der Sauna! Der Typ hätte sich nicht mehr eingekriegt vor Lachen.

Zu seinem Glück und meinem Pech muss er nicht lange warten. Schon öffnet sich die Tür und Frau Sobeck tappst herein. Ich schaue auf die Saunauhr und erschrecke. Nicht einmal bis zur Hälfte ist der Sand durchgelaufen. Und ich ahne, was da kommen wird.

„Hallo Frau Sobeck. Schön, dass Sie uns Gesellschaft leisten", schwadroniert er drauflos.

Nö, gar nicht schön diese Gesellschaft, zuckt es mir durch den Kopf. Noch sieben Minuten habe ich auszuhalten.

„Haben wir doch bald wieder ein Jährchen hinter uns", flötet die Sobeck und rekelt sich auf der Bank unter mir.

„Ja, ja, so ist das. Damit müssen wir leben, ob wir nun wollen oder nicht", schließt er sich dem weltbewegenden Gedanken der Sobeck an. Eine Platitude reiht sich nun an die andere, eine humorlose Kette von Banalitäten.

Als die Sobeck ihre kitschigen Floskeln zum Weihnachtsbaumschmuck mit den Worten krönt: „Und den Scheiß muss ich nach Neujahr wieder einpacken!", packe ich das Saunatuch und verlasse die beiden Quasselstrippen mit den Worten: „Frohe Weihnachten!"

Welche Erfahrung mit Quasselstrippen habt ihr gemacht?

PHANTASIEGESCHICHTEN

Willibald Weisnase, der Laut-Staubsauger

Laut-Staubsauger Willibald Weisnase wuselt durch die Zimmer des Seniorenheims. Unbemerkt natürlich. Er ist nämlich unsichtbar. Eigentlich ist Weisnase auch ein Gedanken-Staubsauger. Ja sogar die Gefühle der Bewohner saugt er auf.
Ist das nun gut oder schlecht?
Nun, es kommt darauf an, wer die Laute, die Gedanken und die Gefühle in die Hände bekommt, die Weisnase aufsaugt. Das mit den Händen, das darf man natürlich nicht wörtlich nehmen. Wer kann schon Laute, Gedanken und Gefühle in die Hand nehmen! Und sie dort gar aufbewahren!

Vom Ende des Flurs her vernimmt er ein seltsames *Tick-Tack-Tick-Tack*. Dieses *Tick-Tack-Tick-Tack* schmuggelt sich in seinen Laut-Staubsauger-Beutel. Weisnase erschnüffelt die Gefahr. Vorsicht ist angesagt. Er pirscht sich an die Geräusch-Quelle heran. Das unaufhörliche *Tick-Tack-Tick-Tack-Tick-Tack* pocht mit jeder Staubsaugerbewegung intensiver. Die Haut seines Staubsauger-Beutels bläht sich auf. Sie droht zu platzen. Aber Willibald kann unersättliche Neugier nicht unterdrücken. Er biegt in das Zimmer ein, aus dem das *Tick-Tack-Tick-Tack* scheppert.

Opa Georg, dieses betuchte Großmaul, ist bester Laune. Wie immer sollen das alle im Haus mitkriegen. Sein unflätiges Lachen quält Willibalds Trommelfell.
Die hundert Euro für die private Wohnzimmerlesung, die hat der eitle Herr Georg Junkersmann aus der Portokasse bezahlt. Mit diesem Kleingeld erkauft er sich ein gutes Gewissen. Es geht an die Aktion "Autoren helfen". Das ärgert Weisnase. Mit der phantastischen Zeituhrmaschine hat Junkersmann obendrein akustisch

110

aufgerüstet. Die Zusatzkosten sattelt er publikumswirksam auf die Spende drauf. Die *Hunsrücker Zeitung* wird davon berichten. Auch dafür hat Großkotz Junkersmann Sorge getragen. Der bordinterne Flurfunk hat Junkersmanns großzügiges Spenderherz im Seniorenheim schlagen lassen. Damit hat der edle Spender natürlich gerechnet. Nichts ist ihm wichtiger, als bewundert zu werden. Und für das Bedürfnis, sich selbst zu bewundern, missbraucht er die Mitbewohner des Heims, die er wie Donald Trump mit großspurigem Selbstlob überzieht: „Ja, meine Liebe. Von nichts kommt nichts. Meine Leistung können Sie bestaunen, wenn Sie durch die Stadt spazieren. Alle Einkaufshäuser gehören mir." Breitbeinig thront er, die Hände über dem dicken Bauch gefaltet, auf einem schwarzen Ledersitz. Schweinsäuglein blitzen unter buschigen Brauen. Den Mund halb offen, hat er die wulstige Unterlippe vorgeschoben.

In der Sitzecke hat sich der in der Region bestens bekannte Krimi-Autor Justus Teske über seinen neuen Bestseller gebeugt. Aus dem liest er vor. Auf hundert Euro Honorar hat er zugunsten der Aktion „Autoren helfen" verzichtet. So hat er ahnungslos auf Schmerzensgeld verzichtet: Georg Junkersmann lacht immer an den falschen Stellen. Pointen entgehen ihm. Er nervt mit blödsinnigen Zwischenfragen. Allenthalben streut er dumme Bemerkungen ein. Und das idiotische *Tick-Tack-Tick-Tack* zerrt an des Vorlesers Nerven.

Willibald Weisnase wundert das nicht. Fast hat er ein wenig Mitleid mit dem Autor. Aber nur ein wenig und auch nur fast. Nur kurz will Weisnase in Georgs Residenz hineinschnuppern. Ansonsten meidet er sie wie der Teufel das Weihwasser.
Die Lesung kommt zum Ende. „Und wer war der Mörder?", entfährt es Junkersmann, dem reichen, dummen Junkersmann.
Die Zeituhrmaschine stellt im selben Moment ihr *Tick-Tack-Tick-Tack* ein. Mit einem Mal kein Laut mehr. Weisnases

Laut-Staubsauger-Beutel schrumpft zusammen wie ein Luftballon, in den eine Nadel gefahren ist. Die Anspannung fällt von Willibald ab. Er wird unvorsichtig.

Der Autor sinkt im Stuhl zusammen, schüttelt den Kopf, stiert ins Leere und hört nicht mehr auf, die Brille mit einem Putztüchlein zu polieren.

Auch Willibald hat die Nase voll. Er will verduften. Da stößt er mit der Zeituhrmaschine zusammen. Die watschelt gerade tollpatschig hinaus. Wie ein Elefant schiebt sie Weisnase zur Seite. Das hab ich nun davon, dass man mich nicht sieht, nicht hört, nicht riecht!, ärgert er sich, nicht zum ersten Mal.

Im Parterre vor dem Verwaltungsflur stoppt Willibald ab. Er überlegt kurz. Dann staucht er seinen Staubsauger-Körper auf Blattstärke zusammen und schiebt sich unter der Tür des Chefzimmers hindurch. Mit einem Satz springt er auf den Schreibtisch der Leiterin der Seniorenresidenz, greift sich deren Füllfederhalter und notiert mit Großbuchstaben: „Georg Junkersmann hat sich einen unangekündigten Besuch der Steuerfahndung redlich verdient!" Diesen gewichtigen Satz umrahmt Weisnase mit einem gelben Textmarker. Dann hüpft Willibald vom Tisch und reibt sich genüsslich die Hände – in Unschuld sozusagen.

Staubsauger Willi Wehrlos erinnert sich

Was habe ich nicht alles hinunterschlucken müssen! Was ist nicht alles in meinem Beutelbauch gelandet! Bekömmlich war das beileibe nicht. Das könnt Ihr mir glauben. Eine verweste Spitzmaus, eine verschimmelte Salami, ein verrosteter Schraubenzieher, der spitze Splitter von einem Whiskyglas. Das sind keine Leckerbissen, oder? Und was habe ich mir von meinem jähzornigen Besitzer und dessen aggressivem *Kater* nicht alles gefallen lassen müssen! Doch mit alledem ist jetzt Schluss. Ein für allemal. Mein Motor hat den Geist aufgegeben. Kaputt, irreparabel lautet die Diagnose des Elektrikers. Der will dem Professor Walter Kühn, der in Sachen Technik eine absolute Niete ist, partout was Neues andrehen. Soll mir Recht sein. Ich jedenfalls habe jetzt Ruhe.
Vorläufig hat Kühn mich im Schuppen entsorgt, meine Rentner-Pension sozusagen. Was soll`s. Soll der hochglanzpolierte, überteuerte Nachfolger sich doch schwarzärgern.
Beispiel gefällig?

„Wo ist das vermaledeite Scheißding?", blökte er und irrte durch die Dachgeschosswohnung. Gerade war Kühn im Büro der riesige metallische Locher aus der Hand gefallen, ein fragwürdiges Geschenk seiner Studenten. Er hatte die Plastikabdeckung von der Speicherkammer des Lochers gelöst, ungeschickt wie immer. Hunderte kleine, runde Schnipsel, die flüchtigen Zeugen der abgehefteten geistigen Höhenflüge des Professors, segelten wie Konfetti an Karneval zu Boden. Dort vereinten sie sich zu einem bunten Papierteppich.
Wüterich, so hat der Professor seinen dämlichen Kater tatsächlich getauft, Wüterich, der zu Füßen des Herrn döste, plumpste das gute Stück Metall auf die Nase, Gott sei`s gedankt! Den dicken, dummen Kopf Wüterichs schmückte ein Konfetti-Turban. Gequält maunzend, versuchte er sich mit den Vorderpfoten des unliebsamen Schmucks zu entledigen.

113

Die Kuckucksuhr hat es mir erzählt. Auch sie ist im Schuppen gelandet, direkt neben mir. Wüterich bugsierte sie nach dem schmerzhaften Aufschlag des Lochers mit einem verstörten Sprung gegen ihren Sockel von demselben herunter. Ein letzter Kuckucks-Seufzer, dann zerschellte sie am Boden.

Gedankenlos hatte der zerstreute Professor mich erst wenige Minuten zuvor im Schlafzimmerschrank verstaut. Bis er dieses vertrackte Versteck wieder entdeckte, entlud sich die mit Schimpfwörtern aufgeladene Wutbatterie des feinen Herrn: „Drecksding, Miststück, Müll!" So lauteten die feineren Wörter, die aus dem gereizten Rachen purzelten. Der blöde *Stubentiger* Wüterich, der miaute die schäbige Begleitmusik. Kühn öffnete hektisch alle Schranktüren in Küche, Ess-, Gäste- und Wohnzimmer, in Flur und Bad. Wutentbrannt riss er die eine oder andere Tür gar aus den Angeln. Urplötzlich flutschte ein Erinnerungsschnipsel an die Oberfläche seines porösen Kurzzeitgedächtnisses. Er kratzte sich am Hinterkopf, schlug sich gegen die fliehende, von Schweißperlen glänzende Stirn, stürzte ins Schlafzimmer, riss die verspiegelte Schranktür auf, zerrte mich ans Licht und versetzte mir einen derben Tritt. Ich krachte gegen die Tür. Deren Spiegelglas zerbarst.

Der geistig gestörte Kater war ihm gefolgt. Im Moment der unfreiwilligen Spiegelattacke setzte Wüterich zum Sprung an. Er landete auf meinem von des Professors Tritt zerbeulten Rücken und verbiss sich lustvoll in meinen Schlauch. Der war fortan so löchrig wie das Kurzzeitgedächtnis Kühns. Der Herr Professor hatte das Spektakel mit wundersamen Zisch- und Knacklauten begleitet, die einem balinesischen Götzentanz alle Ehre gemacht hätten. Erschöpft vom Höllenritt, zog Kühn mich ins Büro. Von dessen Wänden blättern die Tapeten schon länger ab. Er schloss mich an den Strom an und drückte verächtlich auf den Starterknopf. Das war meine Chance. Die ließ ich mir nicht entgehen.

Meine persönliche Racheattacke.

Auf wen hatte ich es wohl abgesehen?

Ich heulte auf und schleuste meine geballte Kraft in den wendigen Schlauch. Der hatte durch die Bissattacken des rüden Katers zwar einen nicht unerheblichen Energieverlust zu verschmerzen, dennoch war er Manns genug, diese Witzfigur Wüterich mit einem orkanartigen Hieb vom Acker zu schicken. Der Möchtegern-Tiger hechtete feige durchs offene Klappfenster und landete in der klapprigen Dachrinne. Ich genoss den verdienten Abgang und sein Maunzen da draußen. Dort gehört er hin.

Walter Kühn indes, der hing erschlafft im Bürostuhl. Aus weit geöffneten Augen hatte er beobachtet, wie ich dieses miese Unding, seinen feigen Liebling, in die Flucht schlug.

Lustvoll saugte ich nun die Schnipsel auf, die papiernen Überbleibsel des *Wolkenkuckucksheims*, in dem der Professor wohnt. In der Tonne würden sie landen. Da gehörten sie hin.

☙

Zu Demonstrationszwecken empfiehlt es sich, einen Locher zur Hand zu haben, während man die Geschichte vorliest.

Hat jemand Erfahrungen mit einem nervigen Stubentiger gemacht? Oder das Gegenteil: Wunderbare Erinnerungen an (m)eine Katze.

Was für ein Wettbewerb der Wochentage!

Von Kindesbeinen an habe ich über die einzelnen Wochentage nachgedacht, vor allem in der Zeit, der man das Etikett „Pubertät" aufgeklebt hat. Keine Ruhe haben sie gegeben, die mehr oder weniger glorreichen Sieben namens Montag, Dienstag, Mittwoch, Donnerstag, Freitag, Samstag und Sonntag. Gehorchen sie vielleicht einem geheimen Plan? Die magische Zahl „sieben" verleitet einen ja geradezu zum Phantasieren, oder?
Wie ist es euch ergangen?
Als ich mit meinem Grübeln nicht weiter kam, habe ich mir jeden Wochentag gesondert vorgeknöpft. Ich will euch gerne berichten, was die Sieben mir preisgegeben haben.

Der blau gekleidete *Läufer*, der bin ich. **Montag** nennt man mich. Sieben Tage, eine ganze Woche, laufe ich, bis ich wieder bei mir selbst, also an einem Montag ankomme. Immerhin erfahre ich, nein erlaufe ich mir so, was es bedeutet, wenn ein Kreis sich schließt, wenn man bei sich selbst ankommt.
Als ´Tag des Mondes´ hat man mich aus meinem lateinischen Namen `dies Lunae´, der Tag der Mondgöttin Luna, ins Deutsche übersetzt. Mit mir starten wissbegierige Schüler neugierig in die Woche. Manche freuen sich allerdings mehr darauf, ihre Klassenkameraden wieder zu treffen. Das verstehe ich. Der eine oder andere hat gar keine Lust auf Arbeit und münzt mich nach einem durchzechten Wochenende flugs zu einem „Blauen Montag" um. Damit hängt er dem Fastnachtsmontag ein Wiederholungsschleifchen um den Hals. Das sollte er jedoch nicht allzu oft tun, sonst könnte aus dem Schleifchen eine schwere Kette werden.

Abgesehen vom Fastnachts**dienstag** bin ich für die meisten eine graue Maus, der *Bauer* im Schachspiel sozusagen. Nichts Besonderes, ich weiß. Gelassen füge ich mich der dienenden Pflicht, schließlich gilt: Dienst ist Dienst und … [Schnaps ist Schnaps].

Deshalb verkneife ich es mir, aufzutrumpfen. Was ich sehr wohl könnte. Ich bin nämlich der Tag des Ziu, des germanischen Himmelsgottes, der später als Kriegsgott dem römischen Mars gleichgestellt wurde. Ist die lautliche Ähnlichkeit von Ziu mit meinem englischen Namen „Tuesday" übrigens purer Zufall? Wie dem auch sei, meine Kraft ruht im Verborgenen. Dieser Energiequelle sind sich die wenigsten bewusst. Wie immer Aufklärungsbedarf! Vielleicht kamen die Rolling Stones deshalb mit ihrem Song „Goodby Ruby Tuesday" erfolgreich um die Ecke. Damit ich es nicht vergesse, etwas nüchterner betrachtet, nennt man mich auch den `Aftermontag´, den zweiten Tag der Woche.

Hallo! **Mittwoch** heiße ich. Die Germanen nannten mich den Wodanstag. Aha! Mittags werde ich der Vorsilbe gerecht, nachmittags eröffne ich den zweiten Teil der Schul- und auch der Arbeitswoche. Drum heiße ich auch `Buckeltag´. Ich bin also der *Springer*, gleichsam das Känguru unter den Wochentieren. Am liebsten trage ich, nur damit ich es gesagt habe, türkisfarbene Kleidung. Der anthrazitfarbene Anzug hängt für Notfälle im Schrank. Übrigens, das sei allen vernagelten Feministinnen ins Stammbuch geschrieben, übrigens bin ich wie alle meine Wochentagsfreundinnen männlich. Ha, ha, ha!

Warum hat man das Grollen des germanischen Donnergottes Donar vor die Namensnase gesetzt? Donnerschlag! Ist mir schleierhaft. Und es ärgert mich. Denn im letzten Tagesabschnitt, also abends freuen sich die Menschen darauf, nur noch einen Schul- oder Arbeitstag vor sich zu haben. Insofern bin ich, der **Donnerstag**, der gelb leuchtende *Turm* in der Brandung. Klar, nicht für Kleinkinder und Rentner. Letztere haben ohnehin eine eigene Sicht auf uns Wochentage. Die haben ein ganz anderes Zeitgefühl. Das hat mit langsamer, erfahrener, gelassener und nachdenklicher zu tun. Wie dem auch sei. Ich hieße jedenfalls lieber ´Hoffnungstag`,

117

also der Tag zwischen Mittwoch und dem Kumpel von Robinson Crusoe.

Dieser **Freitag** trägt meinen Namen nicht von ungefähr. Die Vorsilbe schmeichelt freilich uns beiden. Anders gesagt: Freiheit müssen wir Freitage uns erst hart erarbeiten. Dass dies gehörig in die Hose gehen kann, das bezeugt der „Schwarze Freitag". Der erwies unserer Liebesgöttin Frija – die Römer nannten sie Venus – einen Bärendienst. Börse hat wohl doch nichts mit Freiheit zu tun. Unterm Strich: Weder *Dame* noch *König* haben sich für mich entschieden. Wohl aber für die zwei Folgetage. Adlige haben nun mal ihre eigene Logik.

Früher habe ich, der **Samstag**, großzügig den Vormittag Schulen zur Verfügung gestellt. Das wurde leider nicht von allen geschätzt. Für Schüler und Lehrer war der Vormittag gar ein rotes Tuch. Nicht aber für die Mehrzahl der Eltern, beileibe nicht. Das hätten die natürlich niemals zugegeben.
Die Widersprüchlichkeit der Farbe rot kleidet mich gut. Die Farbe der Revolution, aber auch die Farbe der Liebe. Schönheit, aber auch Bedrohung strahle ich aus.
Wie dem auch sei, heutzutage ist der Nachmittag vorzugsweise der Bundesliga reserviert, sehr zum Leidwesen der einen oder anderen *Dame*. Allerdings nicht mehr exklusiv. Denn auch unsere Manteltage nehmen teil an dem Fußballspektakel. Heute macht eben jeder, was er will. Vor Jahren versammelte „Wetten das?" am **Sonnabend** die Familie vor dem Bildschirm, danach das „ZDF-Sportstudio" den Vater und seine Söhne. Mütter legten allerdings Wert darauf, dass man kurz vor zwölf umschaltet: Im Ersten gab`s und gibt`s „Das Wort zum Sonntag".

Früher ging man an meinem Namenstag, dem **Sonntag**, morgens in die Kirche. Na klar! Endlich hatte auch der Pfarrer mal was zu tun, dachten sich viele am goldenen Tag der Sonne. Gelegentlich stimmte das ja auch. Aber dem einsamen *König* auf der Kanzel Aufmerksamkeit schenken? Dafür hatten nicht alle die Muße. Der eine oder andere schlief bei der Predigt ein. Keine Reue. Schließlich musste er ausgeruht beim Frühschoppen auftrumpfen.

Mittags wurden Sauerkraut, Kartoffeln und Schnitzel aufgetischt, anschließend war noch Zeit für ein kurzes Nickerchen. Dann ging`s am Nachmittag zum Fußball. Dorfclub gegen Dorfclub. Die Fans, die selbst nie gegen einen Ball getreten hatten, die grölten am lautesten. Am Stammtisch danach wussten sie, welche Kicker einen rabenschwarzen Tag erwischt hatten. Mindestens einem wurde der Schwarze Peter zugeschoben. Bei einem Sieg hingegen gab es nur Nationalspieler.

Abends wartete der „Tatort". Der krönte spannungsreich das Wochenende.

Und wieder hat sich eine Woche davongestohlen.

Bei Ankunft des *Läufers* schickt der Montag sechs bis acht Stunden später die meisten wieder ins Hamsterrad.

Über einer Frage grübele ich, seit ich geboren bin. Also seit es diese komischen Typen gibt, die man Menschen nennt. Die haben uns ja erst erfunden.

Hatten wir Wochentage jemals Urlaub?

Vielleicht beginnt mit dieser Frage das, was schlaue Menschen, die man Philosophen nennt, Metaphysik nennen. Sind wir Wochentage vielleicht gar Metaphysiker?

♗

Die Schachfiguren platziere ich vor mir und frage die Zuhörer, welche Figur sie welchem Wochentag zuordnen würden. Ebenfalls frage ich, welche Farbe sie den einzelnen Wochentagen aufkleben würden.

Hat jemand von euch einen Lieblingstag? Oder einen Wochentag, auf den er sich kaum einmal gefreut hat?

Deutsche Schlager zu den Wochentagen, die gerne gehört werden:

- Blauer Montag (Mary Roos)
- Ich möchte am Montag mal Sonntag haben (Hildegard Knef)
- Dienstagnacht (Feine Sahne Fischfilet)
- An diesem Dienstag (Gitte Haenning)
- Aschermittwoch (Rio Reiser)
- Donnerstag (Udo Jürgens)
- Ankomme, Freitag, den 13. (Reinhard Mey)
- Samstag Abend (Hanne Haller)
- Samstag Abend in unserer Straße (Peter Maffay)
- Am Sonntag will mein Süßer mit mir segeln gehen (Gitte Haenning)
- Kleinstadt-Sonntag (Wolf Biermann)

Englischsprachige Songs sind nicht im Erfahrungsschatz meiner Zuhörerschaft verankert.
Prägnante Beispiele:
- Monday, Monday (The Mamas &The Papas)
- Goodby Ruby Tuesday (Rolling Stones)
- A Wednesday Car (Johnny Cash)
- Thursday`s Child (David Bowie)
- Friday on my mind (The Easybeats, David Bowie, Bruce Springsteen)
- Saturday night fever (Bee Gees)
- Sunday morning coming down (Johnny Cash)

Tag und Nacht im Wettstreit

Unser Leben besteht aus Gegensätzen: jung und alt, arm und reich, gesund und krank, Krieg und Frieden, Lob und Tadel, um nur ein paar Beispiele zu nennen.

Wie sieht es mit Tag und Nacht aus?

„Atemlos durch die Nacht, bis ein neuer Tag erwacht."

Helene Fischers Schnulze besingt den Nachtschwärmer. Der macht die Nacht zum Tag. Die Alltagserfahrung der meisten ist aber, solange sie im Berufsleben sind, eine ganz andere: atemlos durch den Tag, bis eine neue Nacht sie endlich zur Ruhe kommen lässt.

Wettstreiten Tag und Nacht tatsächlich miteinander? Altenpflegerinnen, Krankenhausärzte, Nachtschwestern, Polizisten, Feuerwehrleute beantworten die Frage sicherlich mit einem eindeutigen Ja – und einem angehängten Leider! Darüber können Feen und Kobolde aus „Tausendundeinenacht" nur lachen.

Doch es gibt auch Menschen, die das ganz anders empfinden.

Von einem Mann, der die Nacht schätzt, will ich euch erzählen.

Paul lebt alleine. Paul ist fünfzig Jahre alt und schätzt es, im alltäglichen Leben keine Kompromisse machen zu müssen. Schrankenlose Freiheit nennt er das. Vor vierzehn Uhr kommt Paul kaum einmal aus den Federn. „Was ich tagsüber erledigen muss, das hat Zeit bis zum Nachmittag", sagt er jedem, der ihn fragt, augenzwinkernd.

Was meint ihr? Hat der Paul Recht? Was könnte Paul denn nachts machen?

Nun, ich will euch nicht allzu lange auf die Folter spannen. Paul ist kein Nachtschwärmer, er ist auch kein *Nachtwächter*. Ganz im Gegenteil. Wenn die Nacht den Tag begraben hat, dann ist Paul hochkonzentriert und gar nicht atemlos bei sich und seiner Sache:

dem Schreiben. Paul ist nämlich Schriftsteller. Und Schriftsteller sind oft Eulen. Sie sind Nachtmenschen. Nachts, wenn keiner wichtig tut, flüstert die beruhigende Stimme, die man Stille heißt, Paul die besten Ideen ein. Dann fließen Gedanken wie von selbst aufs Papier.

Stubentiger Hannibal hat es sich angewöhnt, auf dem Sofa gegenüber dem Schreibtisch Paul beim Nachdenken, Phantasieren, Träumen, Fabulieren und Schreiben zuzuschauen. Zumeist schläft Hannibal allerdings gegen zwei, drei Uhr ein und fängt an zu schnarchen. Herrchen Paul ruft ihn genervt zur Ordnung. Schlaftrunken schleicht Hannibal in den Flur. Dort wartet das Kuschelkörbchen in einer Ecke.

Heute Nacht spinnt Paul die Kindergeschichte von zwei lustigen Nachtschattengewächsen aus. Egon, die schlitzohrige Kartoffel, und seine Freundin, die quietschfidele Tomate Lisa, treiben nachtsüber ihren Schabernack im Seniorenheim. Während die Tomate Lisa der Oma Helga an der Nase kitzelt, kitzelt Kartoffel-Egon unter der Fußsohle. Oma Helga schreckt auf und weiß gar nicht, wo sie sich zuerst kratzen soll. Dem Opa Ludwig zwirbelt Tomaten-Lisa den Schnurrbart, so dass er schlafwandlerisch um sich schlägt, aufsteht und zum Klo torkelt. Dort wird er bereits erwartet. Kaum sitzt Opa Ludwig auf der Toilette, sticht Kartoffel-Egon ihm mit der Nagelfeile in den Hintern. Ludwigs „Aua"-Schreie rufen die Nachtschwester auf den Plan. Als sie die Türe aufreißt, huschen die beiden Taugenichtse Lisa und Paul an ihr vorbei.

ᨒ

Was sie wohl als nächstes ausgeheckt haben?

Der gesuchte zweigliedrige männliche Begriff ist mehrdeutig.
Ursprünglich war damit ein Kothaufen gemeint.
Das einsilbige Kopfwort ist der Zeitraum zwischen Sonnenuntergang und -aufgang.
Das zweisilbige Endwort ist ein Beruf. Den verrichtet ein Mann in einer Stadt, einem Museum oder einer Fabrik, zumeist alleine.
Im Gegensatz zu den Anforderungen dieses nächtlichen Dienstes bezeichnet der gesuchte Begriff in einer dritten Bedeutung eine träge und unaufmerksame Person.
Nachtwächter

Ein Fahrrad erinnert sich

Karl Drais hieß der eitle Mann, der uns 1817 das Licht der mobilen Welt erblicken ließ. Mit dessen Namen schmückt sich heute ein Mainzer Vorort. Von dort schaut man auf die *Opel-Arena* von *Mainz 05*. Adam Opel lobte Draisens Erfindung: Sie verbinde inniglich das Nützliche mit dem Angenehmen. Drais nannte uns Draisine. Im Juni 1817 kurvte er mit dem Laufrad erstmals durch Mannheim. Andere Wortetiketten wie *Veloziped, Räderpferd* oder *Reitmaschine* verraten, wie man uns zunächst einschätzte. Nicht zu vergessen: der *Drahtesel. Draht,* also biegsam und minderwertig. *Esel,* also stur und unzuverlässig. Weder Ding noch Tier schätzte man wohl wert. Oder versteckte sich in dem Wort Drahtesel damals schon ein Scherz? Wie auch immer: die schräge Verbindung zwischen uns beiden, also zwischen *Draht* und *Esel,* die machte die Sache nicht besser, im Gegenteil. Kein Wunder, dass viele meiner Artgenossen nach berauschend steilem Aufstieg recht bald in der Gosse landeten. Aktuell rollt man uns allerdings, hochglanzpoliert, vor allem seit wir elektrifiziert sind, den Teppich aus und zieht betagten Herrschaften dafür die Moneten aus den Taschen. Selber schuld, kann ich nur sagen.

Nun, in meiner persönlichen Biografie bildet sich überraschenderweise unsere zweihundertjährige Geschichte ab: rasanter Aufstieg, Absturz, Auferstehung.

Ich bin ein weißes Rennrad aus Stahl. Jahrgang 1968.

Mein Erstbesteiger: Justus, ein sportvernarrter angehender Abiturient. Der schuftete wochenlang in den Sommerferien dieses glühend heißen Sommers im Straßenbau, um sich mich leisten zu können. Die „Siemens Böschungshobel" und den legendären „Lufthaken von Bosch" ließ er sich zähneknirschend unterjubeln! Weder die brutale Hitze des Teers noch die sengende Sonne warfen ihn aus der Bahn. Wie hat mir diese Maloche geschmeichelt! Gerne gebe ich es zu: Satte zweihundert DM sauer verdientes Geld hat er für mich hingeblättert. Und wir wurden dicke Freunde.

Ein Jahr lang hat er mit Muskelkraft und Kondition meine vierzehn Gänge ausgereizt. Nur Starkregen und Schneefall verhinderten gemeinsame Ausritte. Ansonsten flogen wir im Duett über die Hunsrückhöhen. Bei gutem Wetter zog er mich frühmorgens gar der knallroten Bimmelbahn vor, um zum Gymnasium zu kommen. Klar, dass wir die Strecke von Pfalzfeld nach Simmern schneller bewältigten als diese lahme rote Ente. Am Ebschieder Bahnhof erlaubten wir es uns, gönnerhaft deren drögen Insassen zu winken, die gelangweilt aus den Zugfenstern starrten.

An Pflege mangelte es mir nie. Wöchentlich hat mein Freund mich penibel gereinigt und poliert, alle Schrauben nachgezogen und den Zahnkranz geölt. Jeweils ausstellungsreif! Ich war so stolz!

Der Höhepunkt unserer glorreichen Partnerschaft: die gemeinsame Reise um den Bodensee in den Pfingstferien Ende Mai 1969. Erstmals durfte ich selber bahnfahren. Zum Bahnhof der Landeshauptstadt Mainz radelten wir noch, dann ging es mit dem Zug bis nach Biberach an der Riss. Dort, im angesagten Café Keller, lebte Patentante Ursula. Nach einer kurzen Nacht ging`s los: über Bad Waldsee nach Konstanz. Das Wetter meinte es gut mit uns. Und nicht nur auf der Insel Mainau staunten wir: Wir beide waren ein angesagtes Fotomotiv. So war das damals. Das glaubt einem heute keiner mehr.

Leider endete die Beziehung alsbald. Gegen die neue Liebe meines Besitzers in persona – ich will beileibe nicht gefühlig werden – in persona einer zugegebenermaßen bezaubernden Sängerin hatte ich nach dem Abitur im Sommer 1969 keine Chance. Das lag nicht an mir, auch nicht an uns. Es lag an seinem chronischen Geldmangel. Schnöder Mammon beendete unsere Geschichte. Für ganze dreißig DM verhökerte er mich an den zweiundachtzigjährigen Dorfschmied Peter Eisenbrand.

Eine neue Geschichte begann. Leider keine gute. So viel sei vorweg gesagt.

125

Der Schmied hatte mich ausgeguckt: Dem bewegungs-, mund- und denkfaulen sechzehnjährigen Enkel sollte ich auf die Sprünge helfen. Keine gute Idee.

Der ungelenke Lothar, von den Schulkameraden hellsichtig „Qualle" getauft, brauchte sechs Versuche, bis er es schaffte, aufzusitzen. Seinem breiigen Hintern schmeichelte mein schlanker, harter Sattel keineswegs. Qualle stöhnte. Mit den Fußspitzen auf der Straße, versuchte er die Balance zu halten. Qualvoll den Rücken gebeugt, umklammerte er den Rennlenker. Eisenbrand hielt es kaum noch aus. Er gab dem Enkel Qualle einen Schubs und der eierte wohl oder übel los. Eher übel. Auf Draisens Laufrad wäre es ihm weniger unangenehm gewesen. Meine schmalen Reifen sorgten nicht gerade für Laufruhe, im Gegenteil. Bereits in der ersten Kurve verriss der ungeschickte Pilot mein Lenkrad, bremste allzu abrupt ab und machte den Abflug. Ich trudelte aus und kippte in den Straßengraben.

Qualle war glücklicherweise nicht mit einem Stein oder einem anderen harten Gegenstand kollidiert, dafür aber mit dem Gesicht in einem frischen Kuhfladen gelandet. Er schnappatmete und verschluckte sich dabei. Das hör- und sichtbare Ergebnis dieses Ereignisses zu berichten, das erspare ich mir und euch. Nicht aber die Auswirkungen. Eisenbrand versorgte seinen Missgriff, also mich in einer Rumpelkammer neben der Schmiede.

Dort vergingen die Jahre. Ich setzte Rost an und das Weiß zerbröselte. An meinem fünfzigsten Geburtstag, wenn ich mich nicht irre, Jahre nach dem Tod Eisenbrands, kaufte Jonathan den Schuppen auf. Als er mich entdeckte, strahlte er über beide Ohren. Er spritzte und rubbelte mich ab, kam aus dem Staunen nicht mehr heraus.

Morgen werden Hunsrücker Leser uns beide als Titelbildhelden der *Hunsrück-Zeitung* sehen:

„Jonathan van Eidens gewinnt per Foto-Finish mit seinem 68er das erste ´Schinderhannes-Radweg-Rennen`."

Ich denke mir: Jeder fährt im Leben das Ergebnis seines Lebens ein.

Ich bin gespannt auf eure Fahrraderinnerungen.

Küchengezänk

In dunkler Nacht, wenn alle Menschen schlafen,
erwachen Küchenhelferlein, die streitbar entlarven,
was kluge Köche immer schon vermutet haben:
Im Zweifel werden sie sich in die Haar` geraten.

Die Nudel holzt auf einen Dosenöffner los,
sie will ihn schubsen vom Tisch mit kräftigem Stoß.
Der Bräter stellt die Frage und sich in den Weg besonnen:
„Wie soll die Dosenwurst alsdann in die Pfanne kommen?"

Verwegen schwitzt der Eierkocher seinen Vorwitz aus.
„Du Nichtsnutz hast zu schweigen, aus die Maus!"
So faucht der Herd erhitzt. „Auf heißen Platten
verglühen Wolkenkuckucksheime ohne Schatten."

„Guter Rat ist teuer", rattert der Kühlschrank arrogant.
„Was glänzt, ist selten Goldes wert", tickt`s von der Wand:
„Ohne meine Hilfe wärt ihr alle aufgeschmissen."
„Blanker Unsinn! Den lassen wir nicht auf uns sitzen.

Wir elektrischen Helferlein pfeifen auf dein Ticken.
Uhren sind passé wie marode, morsche Fabriken.
Eierkocher, Mikrowelle, ja auch meine Wenigkeit,
wir besitzen unsere programmierte Arbeitszeit."

So röchelt der Toaster. Aber er wird zurechtgewiesen.
„Was du so ausspuckst, kann man keineswegs genießen.
Es fliegt in meinen Eimer." Meister Müll, der jammert sehr.
„Und meine Kapseln landen obendrauf." Es lacht – na wer?

Der Kaffeeautomat, recht selbstgefällig. „Süßholz raspeln",
krächzt die Spülmaschine, „hör endlich auf zu faseln!"
„Zu Dank verpflichtet sind wir dir", so singen sie im Chor.
Der Gläser, Krüge, Tassen klingende Töne dringen an ihr Ohr.

Auch Gabeln, Messer, Teller und Töpfe sind des Lobes voll.
Das Gezänk der dienenden Helfer endet meistens ohne Groll!
Am Morgen reiben nächtliche Träumer sich die Augen:
Vorbei das irre Küchengezeter. Kann man`s glauben?

*Kommt euch das bekannt vor, dass Dinge des Alltags ein Eigen-
leben entwickelt haben?*

Der Schatten

Ein gelehrter junger Schriftsteller aus dem kalten Norden Europas reiste in ein afrikanisches Land. Tagsüber war es dort so heiß, dass der Mann meinte, er säße in einem glühenden Ofen. Die Gesundheit litt und er magerte ab. Selbst sein Schatten schrumpfte zusammen. Erst am Abend lebten die Menschen auf, wenn die Sonne untergegangen war. Dann herrschte ein buntes Treiben auf den Straßen. Hier hoffte der Schriftsteller, Stoff für den Wunschroman zu finden.

Eines Nachts saß er versonnen auf dem Balkon. In der Stube hinter ihm brannte Licht, so dass sein Schatten auf die Wand des gegenüberliegenden Balkons fiel. Es amüsierte ihn, wie der Schatten dort jede Bewegung von ihm nachmachte. Er wünschte sich, der Schatten würde durch die halboffene Tür der geheimnisvollen Wohnung pirschen und erkunden, was sich dort abspielte. Er hatte nämlich eines Nachts für den Bruchteil einer Sekunde eine liebliche Jungfrau zwischen den herrlichen Blumen auf dem Balkon erspäht. Und stets ertönte Musik aus dem Inneren des Hauses.

Am nächsten Morgen musste der Mann betrübt feststellen, dass der Schatten nicht zurückgekommen war, um ihm zu berichten. Doch wenig später erwuchs ihm von den Beinen aus ein neuer Schatten. Das tröstete ihn.

Bald machte er sich auf die Heimreise. Zu Hause schrieb er Bücher über die Wahrheit in der Welt und über das Gute und Schöne. Leider interessierten sich nur wenige Menschen dafür.

Viele Jahre später erhielt er eines Abends überraschenden Besuch. Ein hagerer, vornehm gekleideter Mann gab sich als der Schatten aus, den er vormals in Afrika verloren hatte.

„Niemals hätte ich gedacht, dir nochmal einmal zu begegnen", gestand der gelehrte Mann.

Er fragte, wer denn in dem Haus gegenüber gewohnt habe.

„Die Poesie", antwortete der Schatten.

Der Schriftsteller erinnerte sich an die schöne Jungfrau, die er für einen Moment gesehen hatte. Sie also war die Poesie. Und die hatte er, der junge Schriftsteller, damals tatsächlich verpasst!

Der Schatten gestand, er habe sie selbst nicht gesehen. „Eine Tür nach der anderen stand offen in einer ganzen Reihe von Zimmern und Sälen. Dort war es so hell, dass mich das Licht sicher erschlagen hätte, wäre ich ganz zu der Jungfrau vorgestoßen. Immerhin bin ich am Hofe der Poesie gewesen, in einem Vorzimmer. Ich sah alles und weiß alles!"

„Und was hast du gesehen?", fragte der Schriftsteller.

„Eine nichtswürdige Welt, das Böse und nur schlechte Menschen. Und weil Sie, mein Herr, das niemals gesehen haben, verstehen Sie die Welt nicht. Deshalb will keiner Ihre Bücher lesen."

Damit verabschiedete er sich. Jahr und Tag verging. Dann kam der Schatten wieder, größer und mächtiger als zuvor. Der Schriftsteller aber kränkelte. Denn was er über das Wahre und das Gute und das Schöne erzählte, das war für die meisten wie Rosen für eine Kuh. Darüber verzweifelte er mehr und mehr. „Sie sehen wirklich wie ein Schatten aus", sagten die Leute zu ihm und es schauderte den braven Mann, denn er dachte sich manches dabei.

Da bot ihm sein alter Schatten an, ihn auf die Reise in einen Kurort zu begleiten. Das werde ihm sicher gut tun. Er müsse nichts dafür zahlen. Eine Bedingung habe er allerdings: Sie würden die bisherigen Rollen tauschen. Der ehemalige Schatten würde der Herr sein und der bisherige Herr der Schatten. Der Schriftsteller willigte ein.

In dem Kurort spielte der Schatten nun den Herren. Und als solcher lernte er eine wunderschöne Prinzessin kennen. Die litt an der Krankheit, viel zu viel zu sehen. Sie merkte, dass der Neuankömmling eine besondere Person war. Neugier ergriff sie. Er ist hier, um sich einen Bart wachsen zu lassen, sagt man, aber ich sehe die wahre Ursache: Er kann keinen Schatten werfen, dachte sie bei sich und sagte es ihm auch. Er witterte seine Chance und behauptete schlankweg, sie sei geheilt. Denn sie sehe nicht, dass er einen ganz ungewöhnlichen Schatten habe. Bei diesen Worten zeigte er auf seinen Begleiter.

„Ich habe ihn als Menschen aufputzen lassen. Wie Sie sehen, habe ich ihm sogar einen eigenen Schatten gegeben."

Wie?, ging es der Prinzessin durch den Kopf, sollte ich mich wirklich erholt haben? Der Fremde gefällt mir.

Beim abendlichen Ball tanzte sie nur mit ihm. Sie hatte sich in ihn verliebt. Um sicherzugehen, dass er ihrer würdig sei, stellte sie ihm allerlei Fragen. Mit denen wusste er geschickt umzugehen. Als sie aber nach Erinnerungen und Gefühlen forschte, verwies er sie an seinen Schatten. Der habe ja das ganze Leben mit ihm geteilt und freue sich, ihr Auskunft geben zu dürfen.

„Sie müssen ihn aber ganz wie ein Mensch behandeln", ermahnte er die Prinzessin.

Sie ging auf den gelehrten Mann zu und sprach mit ihm von Sonne und Mond und vom Menschen, dem äußeren und dem inneren Menschen, und er antwortete gar gut und klug. Was muss das für ein Mann sein, der einen so weisen Schatten hat!, dachte sie. Ich erwähle ihn zum Gemahl. Es wird für mein Volk ein wahrer Segen sein, für das Reich und auch für mich.

Kein Wunder, dass er einwilligte. Bald schon sollte die Hochzeit stattfinden. Endlich sah er sich am Ziel. Doch er hatte die Rechnung ohne den Wirt gemacht.

Bereits vor dem Hochzeitsfest bot er dem ehemaligen Herrn an, immer bei ihm zu bleiben, und zwar als sein Schatten. Fürstlich werde er ihn entlohnen und ihn gar im Schlosse wohnen lassen.

„Aber du musst dich von allen ´Schatten` nennen lassen. Niemals darfst du sagen, dass du ein Mensch gewesen bist. Einmal im Jahr, wenn ich im Sonnenschein auf dem Balkon sitze und mich dem

Volk zeige, musst Du zu meinen Füßen liegen, wie es sich für einen Schatten gehört."

„Das werde ich nicht tun", entgegnete der Schriftsteller. „Das hieße das ganze Land betrügen und die Königstochter dazu. Ich werde ihr alles sagen, alles, vor allem dass ich der Mensch bin und du nur der Schatten. Du bist ja bloß angezogen wie ein Mensch. Kleider machen Leute, sagt man. Aber sie verdecken nur deine innere Leere, deine erbärmliche Armut: Du hast keine Gefühle und keine Seele."

Kaum hatte er ausgesprochen, da bog die Königstochter samt ihrem Gefolge um die Ecke. Mit ernster Miene ging der Schriftsteller auf sie zu und beichtete ihr die Maskerade.

Der Schatten bemerkte, wie seine Felle davonschwammen. Da machte er sich schleunigst aus dem Staub und ward nicht mehr gesehen.

Die Prinzessin aber ernannte den gelehrten Mann voller Dankbarkeit zum Hofdichter. Am Hofe fanden seine Bücher begeisterte Leser, die dem Wahren, Guten und Schönen zugetan waren.

Ob ihn die Poesie, die ihm in jungen Jahren in Afrika für einen klitzekleinen Moment erschienen war, doch noch geküsst hat?

Wir wissen es nicht, wünschen es ihm aber von Herzen.

附

nach Hans Christian Andersen

Der Schatten gehört zum Menschen wie die Nacht zum Tag. Kennt ihr ähnliche Entsprechungen?

TIERGESCHICHTEN

Zwei Luftmatratzen mit Tom und Jerry

Zischend schrumpft sie zusammen. Die fröhlichen Comicgesichter von Tom und Jerry verschrumpeln in Windeseile zu schrägen Fratzen. Ein letzter Seufzer, dann bedeckt Plastikmüll den spitzsteinigen Untergrund.

Ein Windstoß fährt durch Monikas Haar. Fassungslos glotzt sie ihren Mann an und keift: „Du Volltrottel!"

Achim zuckt nur kurz mit den Achseln, gibt Sohn Lukas lächelnd einen Klaps auf den Po und watschelt dann mit ausladenden Schwimmflossen durch die schäumenden Wellen ins Meer. Er rückt *Taucherbrille* und Schnorchel zurecht und krault ins Freie. Nach wenigen Zügen wechselt er jedoch in die Rückenlage, um zu beobachten, was am Strand geschieht.

„Mama, ich will auch schwimmen!", quengelt Lukas und erntet prompt eine *Backpfeife* der genervten Mutter. Sein Geplärr schreckt links, rechts, vorne und hinten ölige Sonnenanbeterinnen auf, die strafende Blicke auf die Rabenmutter werfen.

Die packt den *Dreikäsehoch* und trollt sich mit dem Knirps.

Der bleibt plötzlich stehen, als sei er angewurzelt, und starrt auf den feisten Leguan, der auf einer scheinbar herrenlosen Luftmatratze alle viere von sich streckt und über Tom und Jerry züngelt. Kurz entschlossen stapft Monika los. Der Leguan putzt die pralle Plastikplane und schlüpft ins nahe Geäst. Sie greift zu, packt den Filius und steuert das Strandbad an.

Als sie sich nach einer lustigen Paddelfahrt auf der stibitzten Matratze vorsichtig über die Kiesel zum Sandstrand herantasten, erwartet sie dort ein Wachmann in blauem Uniform-Blouson neben einer aufgebrachten molligen Bikini-Touristin. Breitbeinig, die kräftigen Arme über dem üppigen Bauch verschränkt, fixiert er die beiden arglosen Diebe. Gelangweilte Strandgäste räkeln sich und lauern gespannt, was nun geschieht. Endlich ist was los! Da beginnt Lukas zu grinsen. Er stupst Monika an. Die beobachtet im Rücken des Uniformierten, wie Achim ihre Luftmatratze vor dem Gebüsch platziert und in dieses weghuscht.

Strengen Blickes lenkt sie mit dem Zeigefinger die hin und her flackernden Augen des Wachmanns und die der motzigen Bikini-Dame nach hinten. Der Dicke stutzt beim Anblick der Luftmatratze, schüttelt den Kopf in Richtung der protestierenden Frau und trottet wortlos davon.

Einen Wimpernschlag später kriecht der Leguan auf die Matratze, um Tom und Jerry den Garaus zu machen.

☙

Bilder von Tom und Jerry sowie ein Foto der Leguane, die gemeinsam mit einem Huhn Salatblätter auffressen, zeige ich meinen Zuhörerinnen. Das Foto findet sich in Gerd Tesch: Vorlesen im Altenheim. BoD 2020

Gesucht wird eine heute verpönte Art der Züchtigung.
Der Begriff besteht aus einem einsilbigen Kopf- und einem zweisilbigen Endwort.
Wenn man an das Kopfwort ein -e anhängt, bezeichnet es einen Gesichtsteil links und rechts von der Nase.
Mit dem Endwort leitet der Fußballschiedsrichter das Spiel.
Der gesuchte Begriff hat eine ähnliche Bedeutung wie die ´Ohrfeige`.
Backpfeife

Gesucht wird ein Hilfsmittel für Personen, die sich unter Wasser bewegen.

Der zweigliedrige Begriff besteht aus einem zweisilbigen Kopfwort und einem zweisilbigen Endwort.

Die von dem Kopfwort bezeichnete Person bewegt sich unter Wasser.

Das Endwort bezeichnet eine Sehhilfe, die schützend eng am Gesicht anliegt.

Diese Schutzbrille nennt man **Taucherbrille**.

Ein Reh in der Schule

Eine Schülertraube umrahmt die gläserne Tür des Nebengebäudes. „Herr Doktor Wolf, Herr Doktor Wolf", tönt es ihm entgegen, „der Herr Becker darf das Reh nicht töten!"

Zehn Minuten nach sieben Uhr. Auf dem Weg zum Haupteingang der Schule umstürmen ihn aufgebrachte Schülerinnen.

„Was ist denn los?", fragt er ahnungslos.

„Da drinnen ist ein Reh. Und das ist schwanger", empört sich die halbe Unterstufe im Chor. So kommt es ihm jedenfalls vor.

Er bahnt sich einen Weg durch den Schülerpulk und sieht es. In dem schmalen Zwischengang zwischen dem Oberstufen-Aufenthaltsraum und dem veralteten Sprachlabor dreht sich ein Reh mit einem ganz dicken Bauch hin und her. Wolf blickt in verängstigte Rehaugen.

Der die Frühaufsicht führende junge Kollege Becker, Biologie-Lehrer und Hobby-Jäger, grüßt ihn cool und sagt: „Keine Ahnung, wie das trächtige Tier hineingekommen ist."

„Und?", fragt Wolf.

„Zu gefährlich. Wir müssen es erlegen."

Augenblicks bricht ein Sturm der Entrüstung um ihn herum aus. „Nein, nein, nein!"

„Weil?", fragt Wolf.

„Wenn es in Panik hinausjagt, springt es womöglich auf die Straße."

„Ein Verkehrschaos?"

„Nicht auszuschließen", raunt Becker.

„Sie kriegen `ne Unterschriftenliste gegen die Mordabsicht von Herrn Becker, Herr Doktor Wolf", unterbricht ihn Marie Thérèse entschlossen. Sie ist die Klassensprecherin der 5b, Tochter der Oberstufenleiterin. „Dem Herrn Becker werden wir das nicht durchgehen lassen", assistiert die Zwillingsschwester Marie Audrey energisch.

„Nun beruhigt euch mal", sagt Schulleiter Wolf, „ich werde den Förster anrufen. Der hat vielleicht eine bessere Idee als unser Herr Becker."

Wolf blinzelt aus den Augenwinkeln dem Kollegen zu, der aber nicht zu kapieren scheint.

„Ihr zieht euch am besten auf den Schulhof zurück. Wenn das Reh nicht so belagert wird, dann beruhigt es sich. Oder, Herr Becker?"
Der zuckt mit den Achseln.

Auf dem Weg ins Büro spricht ihn der Kollege Trump an, seines Zeichens Vorsitzender des örtlichen Jagdvereins.

„Ich geh da hinein, stülpe dem Reh einen Sack über den Kopf und drehe ihm den Hals um", raunzt er, ohne mit der Wimper zu zucken. Zum Glück ist keine Schülerin in Horchweite.

Im Sekretariat bittet Wolf die Sekretärin, umgehend Herrn Müller anzurufen, den ortsansässigen Förster. Die merkwürdigen Vorschläge der beiden Kollegen lehnt Herr Müller rundweg ab. Er empfiehlt, alle Schüler aus dem Sichtfeld des Rehs abzuziehen und geduldig abzuwarten.

„Schließlich ist es durch eine offene Tür hineingekommen. Also wird es durch diese Tür auch wieder nach draußen finden", beruhigt er. Seine Empfehlung leuchtet Wolf ein.

Er lässt die Umgebung des schmalen, glasumrandeten Gefängnisses, in dem sich das verängstigte Tier eingekesselt fühlt, räumen.
Nachdem Ruhe eingekehrt ist, dauert es nicht lange: Das Tier springt mit einem mächtigen Satz über den Zaun ins Freie.

Den Beifall der Schüler wird es kaum noch hören.

Die wohlfeilen Ratschläge der beiden Kollegen haben sich als das erwiesen, was sie sind: *Jägerlatein* eben.

‿ℬ

Wir suchen die Sprache einer bestimmten Berufsgruppe.
Diese Gruppensprache ist für Laien oft unverständlich.
Was mit ihr gesagt wird, erweist sich bei näherer Betrachtung als
unglaubwürdig.
Der Beruf wird auf freiem Feld ausgeübt.
Die gesuchte Sprache ist für Laien so unverständlich wie Latein.
Jägerlatein

Kann jemand von eigenen Erfahrungen mit Rehen berichten?

Bei Vollmond

Der Hund versucht den Mond zu erhaschen. Aber er springt nicht hoch genug und plumpst in den Bach. Auf den Wellen tanzt das Spiegelbild des Mondes. Auch das Spiegelbild weiß dem Biss des Hundes auszuweichen. Da schwimmt er zum Ufer und klettert hinaus. Klitschnass trottet er zum Ruheplatz. Dort liegt er nun und heult den Mond an. Der ist unbeeindruckt. Ein Waldkauz singt huh hu-uuuuuu. Der Hund bellt. Der König der Nacht wiederholt sein hu hu-uuuuuu.

Da rappelt sich der Hund auf, schlägt mit der Pfote Richtung Mond und läuft in das Dorf hinein. Der Mond gießt sein Licht über ihm aus. Eine Katze biegt um die Ecke. Der Hund knurrt. Mit einem beherzten Sprung ins nahe Gebüsch bringt sie sich in Sicherheit. Der Mond verlacht den Hund.

Ein sturzbetrunkener *Nachtschwärmer* torkelt durch eine Gasse. Der Hund umkreist ihn kläffend. Ein Fenster wird geöffnet. Ein Mann bläst Zigarettenrauch hinaus, dann wird er von einer Hustenattacke durchgeschüttelt. Nach einem Fußtritt des Besoffenen fängt der Hund an zu winseln, dann jagt er kläffend seinem Schwanz hinterher und versucht ihn in täppischem Spiel mit Pfoten und Schnauze zu greifen. Der Raucher schaut ihm zu und schüttet sich aus vor Lachen. Der Mond grinst.

Mit hängender Zunge schleicht sich der Hund und irrt um die Häuser. Im Schatten einer Laterne hebt er ein Bein. Sein Jaulen geht bald unter im anhebenden Wettstreit krähender Hähne auf den Misthaufen.

Der zweigliedrige männliche Begriff hat zwei Bedeutungen.

Zum einen suchen wir einen Schmetterling.

Zum andern suchen wir eine scherzhafte Personenbezeichnung.

Das einsilbige Kopfwort ist der Zeitraum zwischen Sonnenuntergang und -aufgang.

Das zweisilbige Endwort ist ein Träumer, jemand der unrealistisch ist.

Die gesuchte Person vergnügt sich gern bis spät in die Nacht hinein.

Nachtschwärmer

Welcher Begriff fällt aus der Reihe?

Sonne, Mond, Wucher, Schleuder (… preis)

Finsternis, Gesicht, *Kuh*, Kalb (Mond …)

Schwarzkittel – oder: Aus Schaden wird man klug

Lisa bestückt die fünf Briefkästen des bunt angestrichenen neuen Mehrfamilienhauses am Stadtrand mit Werbebroschüren. Die trägt sie dienstags in aller Frühe aus. Heute fällt ihr das besonders schwer, denn am Abend zuvor hat sie mit Freundinnen bis in die Puppen telefoniert. Die Neue aus Berlin, Nele, eine blöde Streberin, nervt. Das empfinden auch Eva und Jule so. Sie haben sich auf eine erfolgversprechende Strategie verständigt, wie der Zicke beizukommen ist. Sonst versaut die einem noch die Noten mit ihrem idiotischen Ehrgeiz. Noch schlimmer: Die Tussi hat Johannes Aufmerksamkeit geweckt. Und das geht gar nicht! Da sind die drei sich ausnahmsweise mal einig.

Kein Wunder, dass Lisa es kaum aus dem Bett geschafft kam. Auf ein Frühstück hat sie in der Eile verzichtet. Der Magen grummelt vernehmlich. Und um neun Uhr steht heute auch noch eine Mathe-Arbeit an. Na, das kann ja heiter werden!

Die Kirchturmsglocke der Stephanskirche läutet soeben. Es ist sieben Uhr, noch nicht Tag, aber auch nicht mehr Nacht. Lisa reibt sich letzte *Sandmännchen* aus den Augen, dehnt die müden Glieder und gähnt ausgiebig.

Da dringen dunkle, kehlige Laute an ihr Ohr. Rasch nähern die sich. Und schon stürmt es um die Ecke. Lisa dreht sich zum angrenzenden Radweg hin um und wird im selben Moment von einem wild schnaubenden Keiler zu Boden gerammt. Sie starrt in die blitzenden Augen der Sau, die Lisa böse grunzend anglotzt. Glücklicherweise kommt im selben Moment Herr Mangold aus der Tür geschossen. Der hat gesehen, was gerade passiert ist und stürzt sich, ohne lange zu überlegen, mit lautem Geschrei dem fauchenden Keiler entgegen. Der *nimmt* tatsächlich *Reißaus*.

Schnappatmend dreht Herr Mangold sich zu Lisa hin und zieht sie mit der Rechten vom Boden hoch.

„Alles okay?", fragt er besorgt.

„Bis auf den Schreck", stottert Lisa und mustert sich von unten nach oben und von oben nach unten, ob denn tatsächlich noch alles in Ordnung ist. Na ja, ihr linkes Knie, das hat schon etwas abgekriegt, spürt sie. Doch es gibt Schlimmeres, beruhigt sie sich.

„Danke, dass sie mich gerettet haben", sagt sie mit hochrotem Kopf.

„Ich werd sogleich das Forstamt informieren", schnaubt Herr Mangold. Er hebt die Aktentasche auf, die ihm bei der Abwehr des Tieres aus der Hand gefallen ist, und schüttelt sie.

„Die Drecksviecher nerven seit Tagen. Sie durchwühlen unsre Vorgärten. Die richten ein unglaubliches Chaos an. Das muss ein Ende haben!"

„Sie sind wohl hinter Maden, Würmern und Mäusen her", sagt Lisa, „das jedenfalls meint Herr Emsig, unser Bio-Lehrer. Die brauchen tierisches Eiweiß, nachdem sie sich mit Eicheln und Bucheckern vollgefressen haben. Die gibt es gerade zuhauf."

„Du hast dich aber rasch wieder erholt", wundert sich Herr Mangold.

Lisa klopft sich den Staub aus den Klamotten.

„Was euer Lehrer gesagt hat, das stimmt übrigens", grummelt Herr Mangold.

„Ich weiß, der hat wirklich was drauf", lächelt Lisa.

„Wie dem auch sei. Die *Schwarzkittel* nehmen Überhand. Da müssen Abschüsse her, und zwar bald", sagt Mangold und verabschiedet sich mit einem aufmunternden Klaps auf Lisas Schulter.

Kein Wunder, geht es Lisa durch den Kopf. Die riesigen Raps- und Maisfelder bieten den Wildschweinen nun mal reichlich Nahrung, leider. Falsche Agrarpolitik eben. Und die Bachen bekommen in der Folge zwei- bis dreimal Nachwuchs im Jahr. Der Herr Mangold hat wohl nicht ganz Unrecht, wenn er Abschüsse einfordert, muss sie sich trotz aller Tierliebe eingestehen. Wir müssen im Bio-Unterricht dringend weiter über das Problem nachdenken. Das werde ich heute noch Herrn Emsig vorschlagen, nimmt sie sich vor. Dann schiebt sie das Wägelchen mit den Werbebroschüren zum Nachbarhaus. Dort werden soeben die Rollladen hochgezogen.

Dabei kommt Lisa ein Sprichwort ihrer Oma in den Sinn: *Aus Schaden wird man klug.* Jetzt weiß ich endlich, was sie damit gemeint hatte, denkt Lisa und verspürt ein Ziehen im linken Knie. Schade, dass ich Oma das nicht mehr sagen kann.

&

Von welchen Erfahrungen mit Wildschweinen könnt ihr berichten?

Wir suchen eine Fabelfigur aus Geschichten für Kleinkinder.
Der zweigliedrige Begriff besteht aus einem einsilbigen Kopf-
und einem zweisilbigen Endwort.
Das Kopfwort bezeichnet eine feinkörnige, lockere Substanz, die
aus verwittertem Gestein besteht.
Am Strand spielen Kinder gerne damit.
Das Endwort ist die Verkleinerungsform einer männlichen Person.
Die gesuchte Fabelfigur streut den Kindern Sand in die Augen,
damit sie einschlafen.
Sandmännchen

Wir suchen einen zweigliedrigen Begriff, der mehrdeutig ist.
Das Kopfwort ist ein einsilbiges Eigenschaftswort.
Das Endwort ist ein zweisilbiges Hauptwort.
Das Kopfwort bezeichnet eine Farbe, das Endwort ein mantelarti-
ges Kleidungsstück, das zum Schutz bei der Arbeit getragen wird.
Den Begriff gibt es in der Jäger- und in der Fußballer-Sprache.
Katholische Geistliche werden abwertend so genannt.
Jäger benennen ein Wildschwein mit dem Namen.
Im Fußball wird der Schiedsrichter wegen seiner Kleidungsfarbe
so genannt.
Schwarzkittel

Mörderische Greifvögel

Aus den Ästen einer knorrigen Eiche löst sich urplötzlich ein dunkelgrauer Schatten. Zielsicher segelt der **Habicht** auf den Waldweg zu. Sekunden später taucht er über dem arglos verspielten Hundewelpen auf. Unvermittelt schießt der Raubvogel zum Angriff nach oben (unten). Gnadenlos schlägt er seine haarnadelspitzen Krallen in den Rücken des schutzlosen Opfers und trägt das winselnde Hündchen mit kraftlosem (-vollem) Flügelschlag davon.

Aus dem Futterhäuschen hat sich die unerfahrene, junge Kohlmeise einen Sonnenblumenkern gepickt. Den klemmt sie in der Deckung eines Holunderbuschs mit den Zehen an einem Ästchen fest. Mit ihrem stumpfen (spitzen) Schnabel schlägt sie mehrfach gegen den Sonnenblumenkern und öffnet ihn so.
Den Lohn ihrer Arbeit wird sie nicht mehr genießen können. Sie überhört die Luftfeind-Alarmrufe ihrer Artgenossen. Dem pfeilschnellen Überraschungsangriff des **Sperbers** hat sie nichts entgegenzusetzen.

Geduldig wartet der **Bussard**, von Blättern verdeckt, im Geäst einer ausladenden Weide. Er hat das muntere Eichhörnchen im Visier. Das müht sich gerade ab, mit seinen Hinterbeinen (Vorderpfoten) eine Haselnuss zum Knabbermäulchen zu führen. Da biegt ein radfahrender Nussknacker um die Ecke. Dessen Räder pflügen sich durch die herbstliche Laubschicht des Radwegs. Mit einem mächtigen Wort (Satz) bringt sich das Eichhörnchen vor diesem sichtbaren Gegner in Sicherheit. Der führt gar nichts Böses im Schilde. Glücklicherweise ist es so dem unsichtbaren Freund (Feind) entkommen, der ihm nach dem Leben trachtet.

Der krähengroße Wanderfalke ist der Ferrari der Lüfte. Für Vogelkundler ist er der Vogel der Vögel. Was zeichnet ihn aus?

Schiefergraues Rückengefieder und bläuliche Deckfedern, helle Brust und maskenartiger dunkler Wangenstreif, vor allem aber seine unglaubliche Fluggeschwindigkeit: Mit dreitausend (dreihundert) Stundenkilometern in der Spitze schießt er auf die Beute herab.

Unser Wanderfalke ist momentan allerdings nicht zu beneiden. Seine Partnerin ist gestern vom Beuteflug nicht mehr zurück gekommen. Bei der rasanten Verfolgung eines Beutevogels war sie gegen die Glaswand des neuen Hochhauses geprallt und verendet. Der tödliche Glaspalast wirft in der langsam heraufziehenden Dämmerung dunkle Schatten auf das Buchenwäldchen. Dort ist der Horst mit dem Gelege dreier Eier, die es noch auszubrüten gilt.

Drei Küken muss unser Wanderfalke nun alleine durchfüttern und beschützen. Mit keckernden Rufen und halsbrecherischen Flugmanövern bewahrt er die Nestlinge vor der akuten Gefahr. Es gelingt ihm tatsächlich, den Marder in die Flucht zu schlagen. Der ist dem alten Kolkrabenhorst auf einem Mauervorsprung gefährlich nahegekommen. ...

Letzte Sonnenstrahlen im Rücken, stößt der Falke blitzschnell im Sturzflug auf den sonnengeblendeten Mümmelmann herab und schlägt mit beiden Füßen zu. Bereits den Aufprall überlebt der Maulwurf (der Hase oder das Langohr) nicht. Hungrige Mäuler der Jungvögel warten auf die Beute. Fressen oder Gefressenwerden ist nun mal das Motto im Zoo (in freier Natur).

Lautlos zieht der **Rotmilan** hoch oben majestätisch seine Kreise. Kein Wölkchen trübt den tiefblauen Himmel. Ganz allmählich schwenkt er auf den Weg ein, der den Teich umrundet. Auf einer knorrigen Perle (Erle) am Wegesrand lässt er sich nieder. Von dieser Sitzwarte aus beäugt er das Geschehen auf dem Wasser. Er muss nicht lange warten. Aus dem gegenüberliegenden Schilfgürtel löst sich ein Zug von Flugenten. Der schippert in seine Richtung: zwei ausgewachsene Enten, fünf junge. Ein ums andere Mal

Mal gründelt der Erpel und richtet sich dann jeweils auf, als könne er auf dem Wasser stehen. Dabei schlägt er wild mit den Flügeln. Das Wasser spritzt. Gerade will der Jäger zum Flug ansetzen, da ertönt ein Schuss. Der Erpel zuckt noch kurz mit den Schlingen (Schwingen), dann klatscht er auf das Wasser. Die Enten stieben auseinander. Ein Dackel stürmt aus dem Dickicht und schwimmt hastig auf den toten Enterich zu. Er schnappt dem Milan die Leute (Beute) vor den Augen weg.

❧

Was ist jeweils falsch?
Vor jedem Leseabschnitt spiele ich die Vogelstimme ab und lasse erraten, welcher Beutegreifer jeweils zu hören ist.

Die Leseratte

Heutigentags belegt sie keinen Spitzenplatz.
Recht viele schaffen nicht mal einen Satz.
Auf Bestsellerlisten wird sie nicht geraten,
jedoch auf die Liste aussterbender Arten.

Das Nagetier mit seinem langen Schwanz,
geduldig und gründlich lesen, ja das kann`s.
Verlässt es nun enttäuscht und stur
das sinkende Schiff der Literatur?

Dem Autor, der sie liebt, die Bücher,
tut es herzzerreißend weh,
ach herrje, herrjemine!
Er träumt, sie habe wundersame Riecher.

Sie könnt` überleben, keine Frage,
die Leseratte – wahrlich eine Plage
für Leute, die mit Tinnef ohne Sinn
andere verdummen zwecks Gewinn.

Hoffnung schimmert auf am Firmament.
Spießer haben`s leider stets verpennt.
Auf den Leim gegangen sind sie ihm bisher,
dem Teufel der Gier, ganz ohne Gegenwehr.

Diesem Mephisto ohne eigene Geschicht`,
dem bläst der Wind ins maskenhafte Angesicht,
dem knabbern Leseratten stets die Hörner ab.
Doch – macht er am Ende wirklich schlapp?

Das hoffe ich sehr. Denn Gullivers Reisen
zu Onkel Toms Hütte bereichern alle Weisen.
Und Huckleberry Finn schockiert den kleinen Lord.
Gar tapfer scheut der letzte Mohikaner keinen Ort.

Und Lurchis Abenteuer mit Kindern von Bullerbü
befeuern Rennschwein Rudi Rüssel ganz ohne Müh.
Sie stacheln unseren Theobald, den Brezelbäcker, an.
Den besucht Lokomotivführer Lukas dann und wann.

Ja, Momo, Beppo, Win und Shat erfahren`s im Duett:
Des Lebens Freuden erlebt man nicht beim Chat.
Als Bücherwurm Geschichten atemlos verschlingen
kann Freude bringen und Genuss in manchen Dingen.

Die Leseratte, weiblich ist sie unterwegs,
beharrlich und von bester Laune stets.
Drum sollten Büchernarren keineswegs verzagen
und frohgemut das Leseabenteuer weiter wagen.

Kursiv gedruckte Begriffe, die nicht in vorliegendem Buch aufgelöst werden, finden sich als Ratebegriffe in den Bänden „Gestern ist heute". Kontrast-Verlag, Pfalzfeld 2018; „Vorlesen im Altenheim". BoD, Norderstedt 2020

Gerd Tesch, 1950 im Hunsrückdorf Pfalzfeld geboren, studierte an der Johannes Gutenberg-Universität Mainz Germanistik, Allgemeine Sprachwissenschaft, Politikwissenschaft und promovierte in Philologie. Er arbeitete in etlichen rheinland-pfälzischen Gymnasien, zuletzt bis zur Pensionierung als Schulleiter des Gymnasiums Kirn. Bislang hat er fünf Kriminalromane sowie zwei Bände mit Kurzgeschichten veröffentlicht.

WEITERE BÜCHER VON GERD TESCH

Der vielfigurige Zeitroman Finale Rache fordert die Leser mit einem brisanten Themenmix heraus: Flüchtlinge, rechte Ressentiments, Fußball. Diese Themen werden in der historischen Bezugszeit des Romans zunehmend politisiert, einerseits durch die Aktionen eines Hunsrücker Immobilienhais, andererseits durch den sich polarisierenden Landtagswahlkampf 2024. Lange tappt das Ermittlerquartett der Soko um Hauptkommissarin Corinna Schmidt im Dunkeln. Hat es politisch motivierte Straftaten aufzuklären oder Beziehungstaten? Es gelingt den Kommissaren zwar, das Geheimnis hinter zwei Morden im Papageienhaus zu lüften, aber erst spätere Schützenhilfe von unerwarteter Seite ermöglicht strafrechtliche Konsequenzen. Immer wieder wird der Leser von erstaunlichen Wendungen überrascht. Bis zum Schluss wird die Spannung aufrechterhalten. Das Ende erschließt sich, dramaturgisch geschickt komponiert, in Schüben. Erschreckend aktuell!

Finale Rache, 2020,
ISBN 978-3-941200-80-7
Preis 10,90 €

WEITERE BÜCHER VON GERD TESCH

Tod am Radweg, 2016,
ISBN 978-3-941200-55-5
Preis 10,90 €

Hunsrück-Wolf, 2017,
ISBN 078-3-941200-60-9
Preis 10,90 €

Hunsrück-Skandal, 2019,
ISBN 978-3-942200-73-9
Preis 10,90 €

Eisbergiade, 2019,
ISBN 978-3-941200-77-7
Preis 10,90 €

Gestern ist heute – Ein
Vorleser auf Entdeckungs-
reise im Altenheim, 2018,
ISBN 978-3-941200-67-8
Preis 17,90 €

Vorlesen im Altenheim,
2020,
ISBN
978-3-751918-26-8
Preis 9,80 €